前　言

　　读书可以陶冶性情，可以博采知识，可以增长才干，使人开茅塞、除鄙见、得新知、养性灵。书中有着广阔的世界，书中有着永世不朽的精神，虽然沧海桑田，物换星移，但书籍永远是新的。阅读撼人心弦的高贵作品，就如同亲炙伟大性灵的教化，吸收超越生老病死的智慧，把目光投向更广阔的时空，让心灵沟通过去和未来、已知和未知。

　　世纪老人冰心说过一句话——"读书好，好读书，读好书。"读一本好书，可以使人心灵充实，使人明辨是非，使人充满爱心，使人行为文明、礼仪规范；相反，如果读一本坏书，则可能使人变得心胸狭窄、不知羞耻、自私残暴。

　　我们为什么而读书？大体有四种情况：一是为读书而读书，没有明显的目的；二是为了考上一所好大学；三是为了古人所说的"修身养性"；四是为了中华民族的伟大复兴。

　　在这四种人中，第一种人是最可怜的，因其无理想、无奋斗目标。没有理想的人犹如无源之水、无本之木。在青少年时代就没有人生理想，这是最可怕的。第二种人目标明确，父母花了大价钱将其送进中学，就是为了考个好大学，将来奔个好前程。古人所说的"书中自有黄金屋，书中自有颜如玉"，应是这类人的追求目标。第三种人读书，是为了"修身养性"。儒家曾把人生奋斗的目标定为三个层面七个字——"修身、齐家、平天下"。所谓"修身"，就是陶冶个人情操、培养个人品质，做社会的一个优秀分子；所谓"齐家"，就是说管理好家庭，甚至家族；所谓"平天下"，就是说你若能"修好身、齐好家"，那么就把你的才华进一步发扬光大，用来治理社会，为社会做贡献。"修身"是儒家人为自己定的最基本的人生标准。这种境界也是相当不错的。第四种人读书，乃为立志成为社会的栋梁之材。约一个世纪以前，有一位南开中学的学生在回答老师为什么而读书的时候，充满自信地说出"为中华之崛起而读书"的誓言，并用毕生心智去实现他的诺言，赢得了全中国乃至世界人民的敬重和爱戴——他，就是我们敬爱的周恩来总理。

事实证明，读书决定一个人的修养和境界，关系一个民族的素质和力量，影响一个国家的前途和命运。一个不读书的人、不读书的民族，是没有希望的。

亲爱的同学，若你热爱生命的话，那就认真读书吧！书籍是全人类智慧的结晶、是人类进步的阶梯，书籍可以帮助你跟上时代的步伐，实现创新的梦想。"半亩方塘一鉴开，天光云影共徘徊。问渠哪得清如许，为有源头活水来。"通过读书，可以让你掌握知识、增强本领、敢于创新，可以给你智慧、勇敢和温暖，可以使你成为知识的富翁和精神的巨人，成为我们伟大祖国21世纪高素质的建设者。

JING JING XIAOYUAN
JINGPIN DUWU
CONGSHU

世界名人诗词

本书编写组◎编

JINGJIE MINGREN SHICI

人生有涯而学海无涯。学子以有限的人生通晓万物是根本不可能的，但校园之中采英撷要，广见识，记精要，不失为精明学子为学之道。

世界图书出版公司
广州·北京·上海·西安

图书在版编目（CIP）数据

世界名人诗词/《菁菁校园精品读物丛书》编委会编.
广州：广东世界图书出版公司，2009.9（2024.2 重印）
（菁菁校园精品读物丛书）
ISBN 978－7－5100－0716－3

Ⅰ. 世… Ⅱ. 菁… Ⅲ. 诗歌—作品集—世界 Ⅳ. I12

中国版本图书馆 CIP 数据核字（2009）第 146691 号

书　　名	世界名人诗词	
	SHIJIE MINGREN SHICI	
编　　者	《菁菁校园精品读物丛书》编委会	
责任编辑	陶　莎	
装帧设计	三棵树设计工作组	
出版发行	世界图书出版有限公司　世界图书出版广东有限公司	
地　　址	广州市海珠区新港西路大江冲 25 号	
邮　　编	510300	
电　　话	020-84452179	
网　　址	http://www.gdst.com.cn	
邮　　箱	wpc_gdst@163.com	
经　　销	新华书店	
印　　刷	唐山富达印务有限公司	
开　　本	787mm×1092mm　1/16	
印　　张	10	
字　　数	120 千字	
版　　次	2009 年 9 月第 1 版　2024 年 2 月第 10 次印刷	
国际书号	ISBN　978-7-5100-0716-3	
定　　价	48.00 元	

目　录

❋ 中外诗词鉴赏

❋ 中外名人诗词集萃

中外诗词鉴赏

诗歌被誉为一个民族文化的结晶和最高体现，同时诗歌也是时代、历史文化沉淀的结果。中西方诗歌迥然不同，分别体现了中西方的文化、艺术、美学、文论的综合成就。对中西诗歌进行比较既是文化交流的客观必要，也是研究和发展我国诗歌的主观要求。

一　中国古代诗赏析

　　古代的诗被分为"古体诗"和"近体诗"。"古体诗"又称"古诗"、"古风"，产生于先秦，形成于汉魏六朝，包括除楚辞体外的各种诗歌体裁，如汉魏乐府古辞、南北朝乐府民歌等。古体诗无论是采录民间，还是出自文人之手，句式和格律都比较自由。篇幅长短不限，句子可以划为四言、五言、六言、七言体，也可杂用长短句，随意变化，为杂言体。语言多用口语，不拘对仗、平仄，押韵范围较宽，既可句句押韵，一韵到底，也可隔句押韵并可换韵。这种比较自由的诗，在唐代被称为古体诗，后人沿用唐人的说法，也多称为古体诗。当然在唐代及其以后的诗人也有仍写古体诗的。

　　近体诗是相对古体诗而言的，又称今体诗，指唐代形成的格律诗体。其字数、句数、平仄、对仗和押韵都有严格的规定。主要有律诗和绝句两大类，其中又各有五言、六言、七言之分，绝句每首限定四句，律诗每首八句，十句以上的称排律或长律，被称为三韵律诗或小律的六句三韵律诗，较为罕见。这种在唐代被称为近体诗的新的格律诗也被后人沿用。

　　尽管古代诗具有繁多的清规戒律，但是它们诗意葱茏、诗情酣畅的艺术美，山水清音、豪情壮怀的抒情美，抑扬顿挫、千古绝响的韵律美，都使人难以忘怀。要获得上述艺术美的享受，必须从下列诸方面去发掘隐藏在古代诗字里行间的美的底蕴。

❋ 第一节　赋、比、兴的生命力

　　艺术性很高的诗几乎都恰如其分地运用了多种多样的表现手法，赋、比、兴是其最重要、最常见的传统方法。阅读、欣赏古代诗，往往先要了解它是如何运用这种表现方法的。

　　赋、比、兴手法滥觞于《诗经》，其诗篇，或用赋、或用比、或用兴，或比、兴结合运用，为诗歌增添了艺术感染力。以后，这些表现方法被仿效，代代相因，成为诗歌创作中经常运用的表现手段。

赋

所谓"赋"就是"敷陈其事而直言之者也",也就是陈述铺叙的意思。从这种解释中可以发现这一表现方法的两个特点:一是铺陈,二是直言。铺陈,就是铺开来叙述描写客观事物;直言,就是直接把话说出来并表示出作者的态度。铺陈和直言有时难以区分。为了说明问题,分别举例如下。

先介绍铺陈。《诗经》中运用了多种多样的铺陈,达到了"体物写志"的目的。

首先,情景的铺陈,指对某种特定的景物,或抓住一点反复渲染,或从不同角度加以描绘,以突出所要抒发的情感。如《郑风·风雨》诗:

> 风雨凄凄,鸡鸣喈喈。
>
> 既见君子,云胡不夷?
>
> 风雨潇潇,鸡鸣胶胶。
>
> 既见君子,云胡不瘳?
>
> 风雨如晦,鸡鸣不已。
>
> 既见君子,云胡不喜?

《诗经》中的铺陈手法,给后世诗人以极深的影响。屈原在《离骚》中,为表现自己不顾路漫修远,上下求索真理的精神,则从天上写到地下,铺陈开来,笔锋所向,潇洒自如,汪洋恣肆。汉赋则将铺陈的手法推向高峰,但也走向极端。有不少诗人极尽铺陈之所能事,在描述某种景物时,上下左右、天南地北地尽力铺陈,扑朔迷离,令人目不暇接。

再介绍直言。直言就是"直书其事"。《诗经》中运用直言的方式进行描写的诗很多,主要有下列几种情况。

首先,直描情状。这种描写,将一个人的举动直接说出,同时也直接写出一个人的思绪。如《周南·卷耳》第一章写道:"采采卷耳,不盈顷筐。嗟我怀人,置彼周行。"诗中的女主人公是个怀念远行丈夫的妇女。她采卷耳,采了又采,但总是采不满浅浅的"顷筐",由于她思念远行的丈夫而心不在焉。于是,她索性把筐和菜放在大路旁,神思驰往远方。思妇的这种情状被直接描述出来。又如《周南·汝坟》第一章:"遵彼汝坟,伐其条枚。未见君子,惄如调饥。"诗中的"我"是个想念远役丈夫的女子,她沿着汝水的堤岸,将枝条砍了个精光,也没见到丈夫的影子,愁得像清早缺了口粮。诗中直接描述了她的行动和心情,十分感人。

其次是直抒胸臆。这种叙述直接表达一个人的胸怀和爱憎情感。如《邶风·柏舟》第一章："泛彼柏舟，亦泛其流。耿耿不寐，如有隐忧。微我无酒，以遨以游。"这是一个受压抑、被迫害者的自诉。她就像飘荡在河流中的一叶小舟，无依无靠。因而直接诉说自己怀有深忧，而心烦意乱难以成眠，这种苦闷即使是饮酒遨游也不足以排解。又如：《邶风·式微》第一章："式微式微，胡不归？微君之故，胡为乎中露！"这是劳苦人直接呼出的怨诉。他对天黑了还不能回家，为了老爷在夜露中干活很不满。

再次，直写人物。这种描写是用第三人称，直接写出人物的肖像、行动、对话、心情和一些其他的人物表现。和直描情状与直抒胸臆的不同点在于，后两种情况多以第一人称，或就是描写作者自己。因此，直写人物具有旁观者清的叙述特点。如《卫风·淇奥》第一章，歌颂卫武公的文采品德的诗句："瞻彼淇奥，绿竹猗猗。有匪君子，如切如磋，如琢如磨。瑟兮僩兮！赫兮咺兮！有匪君子，终不可谖兮！"诗中说，卫武公是个有文采的人，像被工匠雕琢过一般，他庄严、大方、轩昂、堂皇、令人难忘。又如《郑风·女曰鸡鸣》，这是一首直接用对话来刻画人物性格和心理活动的诗。仅以第一章为例："女曰：'鸡鸣'，士曰：'昧旦'。'子兴视夜，明星有烂。''将翱将翔，弋凫与雁。'"诗中的妻子不直接叫丈夫起床，而说"鸡叫了"。她怕惊醒丈夫的酣梦，又只能叫他起床。从睡梦惊醒的丈夫以问作答"天亮了！"当妻子肯定地告诉他已是黎明时，他立即表示要去打猎。寥寥数语既表现出妻子对丈夫的温柔体贴，又写出丈夫的勤劳与责任感。

最后，直叙事件。《诗经》有一些叙事诗，尽管它们的篇幅不长，但是却直接叙述了一个个较为完整的故事或历史事件。由于篇幅所限不再附全诗。如《豳风·七月》，这是现存文史材料中最早、也是最完整地记述农民辛勤劳动、生活困苦的农事诗。《卫风·氓》叙述了一个古老的，至今仍重演着的爱情生活悲剧，即痴心女子负心汉的故事。诗中叙述一个少女被男子追求，终于结为夫妻。她甘贫操劳，三年如一日，换来的却是因色衰爱弛而被抛弃的悲惨遭遇。在《大雅·生民》中，叙述周人的始祖后稷的业绩。这首诗是关于后稷神话的最早、也是最完整的记载，充满神话色彩。

《诗经》中直言的表现手法不仅上述四种，都对后世的诗歌创作产生过影响。

总之，《诗经》中运用以铺陈和直言为主要特征的赋写成的诗很多，对后世的创作影响很大。

比

所谓"比",就是"以彼物比此物也","或喻于声,或方于貌,或拟于心,或譬于事"。广言之,就是把某种景物或事物明显地比作另外一种事物。简言之,就是比喻、比拟等。但是作为诗歌创作的表现手法,比喻、比拟并不是"比"的全部,还包括象征、寄托一类的手法。

《诗经》中的"比"主要有下列几种情况。首先,设比言志。这种手法是在修辞手法借喻的基础上,要通过设比的形式抒发某种情感,或说明某种道理。如《鄘风·相鼠》中的"相鼠有皮,人而无仪",诅咒无礼仪之人。如《卫风·木瓜》中"投我以木桃,报之以琼瑶"的诗句,说明男女相互交往,情深谊长。再如《小雅·伐木》中"嘤其鸣矣,求其友声",指出只有得到朋友的帮助,才会和乐而安宁。又如《小雅·鹤鸣》中的诗句,"他山之石,可以攻玉",意在说明其理如同举贤治国一样。这些设比言志的诗句,已成后人的至理名言。

《诗经》以后的诗人,对设比言志的手法不仅袭用,而且有发展。汉代无名氏所写《古诗》云:"甘瓜抱苦蒂,美枣生荆棘。"意思是说,甜瓜生于苦蒂,二者不可分;甜枣也往往是生于棘刺,而且总连着荆棘。指出好的东西往往同坏的东西纠缠在一起。曹操《短歌行》末四句写道:"山不厌高,海不厌深。周公吐哺,天下归心。"说的是高山并不满足它的高,深海并不满足它的深;周公吐哺求贤,群贤毕至,表示了曹操自己求贤多多益善的心情。唐代诗人杜甫《望岳》一诗名句:"会当凌绝顶,一览众山小",千古传诵。人们往往不是取原诗的意旨,而是把写景抒情转化为借境明理,因此令人格外喜欢。宋代苏轼名诗《题西林壁》全诗是:"横看成岭侧成峰,远近高低各不同。不识庐山真面目,只缘身在此山中。"作者把看山的体验化为人生的哲理,说明看问题不要陷于主观境地,不同的视角会得出不同的结论。这些诗中的某些情感和道理逐渐成了人生的真谛。《诗经》中设比言志的手法为后代诗中寓哲理乃至哲理诗的写作奠下基石。

其次,托物咏怀。这种表现手法在《诗经》中有各种形式。无论是将人物化,还是将物人化,都要抒发某种情怀。

《魏风·硕鼠》是《诗经》中托物咏怀的名篇。诗中将贪婪、残酷的剥削者喻为害人的大老鼠,以抒发对统治者的怨恨之情,同时表达了渴望寻找"乐园"和"乐土"的理想。《豳风·鸱鸮》一诗,托禽鸟之言,将残暴的统治者喻为鸱鸮,诉说自己所受的迫害,表示了自己的不满情绪。

自《诗经》开始，比的运用就成为古典诗歌，尤其是民歌的重要特色和优良传统。汉乐府《怨歌行》中"裁为合欢扇，团团似明月"，将团扇人格化，以表示处于社会底层的妇女被玩弄的悲惨命运。曹植的《七步诗》云："煮豆燃豆萁，豆在釜中泣，本是同根生，相煎何太急。"在这首诗中，曹植把哥哥比作豆萁，把自己比作豆子，借用这个比喻，来指责哥哥对他的迫害。曹操的名诗《龟虽寿》将托物咏怀的诗歌表现手法巧用到了可夺天工的地步。诗中写道：

> 神龟虽寿，犹有竟时；
>
> 腾蛇乘雾，终为土灰。
>
> 老骥伏枥，志在千里；
>
> 烈士暮年，壮心不已。

作者深知神龟有"竟时"、腾蛇为"土灰"都是不可违背的自然规律，但仍以志在千里的老马自比，将自己晚年不服老、要主宰自己命运的雄心壮志，具体而又形象地表现出来。

明代民族英雄于谦的《石灰吟》诗道：

> 千锤万击出深山，烈火焚烧若等闲。
>
> 粉骨碎身全不惜，要留清白在人间。

在诗中，作者自比石灰，借人格化了的石灰表示自己不怕烈火焚烧，经得住考验，即使被烧得粉身碎骨也不屈服，要像石灰那样，留清白在人间，充分表现出诗人宁为玉碎，不为瓦全的大无畏精神和高洁的情操。

再次，修辞比喻。作为一种修辞手段，比喻的种类繁多，比喻用具体的常见事物表达那些不很常见的事物，使抽象的事物具体化、形象化，便于人们理解。这类比喻在《诗经》中最为常见，不胜枚举。这些比喻在每篇诗中，视当时的情、景、人、事的具体情况，贴切地运用，产生了很强的艺术效果。

独句型比喻情况最多，如：

"瞻望弗及，泣涕如雨"。（《邶风·燕燕》）意为：远望看不见她，泪珠儿像雨一样下。

"委委佗佗，如山如河。"（《庸风·君子偕老》）

意为：从容的举止，端庄的面貌，山一般的静穆，水一般的明耀。

"自伯之东，首如飞蓬。"（《卫风·伯兮》）

意为：自从哥哥去东方，头发乱得像蓬草一样。

"言念君子，温其如玉。"（《秦风·小戎》）

意为：我想念的那个心上人，温和得就像玉一样。

"兢兢业业，如霆如雷。"（《大雅·云汉》）

意为：提心吊胆，像防霹雳和雷霆。

这种独句的比喻，或以物喻物，或以物喻人，随手拈来。不足之处在于，由于句子短小，有些形象化的比喻未能展开，影响了艺术表现力和感染力。

为了强化比喻的效果，《诗经》中还运用了不少的重复型比喻，即在一首诗中的不同章节里，进行只换个别字的重复性的比喻。如：

《王风·采葛》的三章中，分别写有："一日不见，如三月兮!""一日不见，如三秋兮!""一日不见，如三岁兮!"

这三个重复的比喻，将"月"换成"秋"，又换成"岁"，逐步增加了时间的长度，用以表示诗人和意中人别离之后的相思苦，日甚一日，度日如年。

《王风·大车》在前面两章中，也运用了"大车槛槛，毳衣如菼"，"大车啍啍，毳衣如璊。"两个重复比喻，强调大车来了，穿细毛袍子的男子来了。他的情人正准备和他大胆私奔时的激动心情。

《郑风·有女同车》的每章前两句用的也是重复比喻："有女同车，颜如舜华。""有女同行，颜如舜英。"它通过作者描写和他同车出游的女子，脸庞像木槿花一样美丽，暗示出这对青年男女出游时的快乐。

《齐风·敝笱》一诗，为了讽刺鲁桓公和文姜的厚颜无耻，带着大批随从一起回国，用了重复比喻。"齐子归止，其从如云。""齐子归止，其从如雨。""齐子归止，其从如水。"这种重复比喻配合诗中要表达的感情，加重了语气。

《齐风·汾沮洳》一诗的重复比喻写道："彼其之子，美如英。美如英，殊异乎公行。""彼其之子，美如玉。美如玉，殊异乎公族。"作者反复赞叹隐居贤者之美，以说明贵族子弟的才能远不及他。

《诗经》还有一种常见的比喻是一连串形式，称之为连串比喻。它比一般比喻更形象化、更全面。一般句式在两个或两个以上。

《卫风·淇奥》写道："有匪君子，如切如磋，如琢如磨。"作者歌赞卫武公的文采美德，像角牙和玉经过切磋、琢磨后一样光彩美丽，修养完善。说明思想纯正精粹是刻苦磨炼的结果。

《卫风·硕人》是描写美人的名篇。它用细腻而形象的连串比喻，描绘了卫庄姜的美貌，开了后代诗、词、赋中描写美人的先河。诗中写道："手如柔荑，肤如凝脂，领如蝤蛴，齿如瓠犀，螓首蛾眉。巧笑倩兮，美目盼兮。"作者以人们常见的事物作比，细腻、夸张地形容她的美丽。如果只停留在单纯的比喻意义上，说她的手像初生的嫩草，皮肤好像凝结的油脂，脖颈好像蝤

蛴虫，牙齿象瓠瓜子，额头像蜂，眉似蚕蛾，是不能给人以美感的。必须透过比喻，抓住其本质特征，从夸张的角度去理解，才能看出她的美丽。她的美主要在于白嫩：手白嫩细腻，皮肤白嫩滑腻，脖颈白嫩柔长，牙齿白嫩方正。这种比喻须通过夸张才能体会到其中的巧妙。

《小雅·天保》最后一章，为了突出臣子向君王祝福，用了一连串的比喻，表示虔诚与祝福。诗中道："如月之恒；如日之升；如南山之寿，不骞不崩。如松柏之茂，无不尔或承。"臣子祝愿君王如日月之初升，寿比南山，永不崩塌。又进一步说君王如松柏一样茂盛，枝叶青春永不衰败。

《小雅·小旻》为了突出周幽王不听良计，惑于邪谋，在最后一章中用了著名的连串比喻："战战兢兢，如临深渊，如履薄冰。"这个比喻把那些强权之下的臣民心理刻画得惟妙惟肖。

《大雅·常武》赞美王师之威武雄壮，也用了连串比喻的修辞手法。诗中写道："王旅啴啴，如飞如翰，如江如汉，如山之苞，如川之流。"意为国王的军队声势浩大，行动神速，像江汉一样浩荡，像山一样坚不可摧，像水一样势不可当，真切自然。

《诗经》中的修辞比喻对后世的诗歌创作影响很大。屈原"依诗制骚，讽兼比兴"。他以鸾凤、香草比喻忠贞；以恶兽臭物比喻奸佞；以饮食芳洁比拟品质高尚；以车马迷途比喻惆怅失意，成功在运用了比喻这一手法，并将它与象征、寄托等其他手法巧妙地融为一体，充分表达出自己强烈的善恶、爱憎情感，构筑了一个色彩绚丽的艺术世界。

汉乐府中的修辞比喻也很多。如"孤儿泪下如雨"（《孤儿行》）；"皑如山上雪，皎若云间月"（《白头吟》）；"指如削葱根，口如含朱丹。""君当作磐石，妾当作蒲苇"（《孔雀东南飞》）。古诗十九首中有："泣涕零如雨"（《迢迢牵牛星》）的比喻等。魏晋南北朝乐府有"我心如松柏，君情复何似？"（《子夜四时歌》）"低头弄莲子，莲子青如水。""栏杆十二曲，垂手明如玉"（西洲曲）等。这些诗歌由于来自民间，因此比喻格外通俗易懂。

曹操在名诗《短歌行》中，给后人留下著名的比喻："对酒当歌，人生几何？譬如朝露，去日苦多。"诗人感情既充沛，又悲凉。建安七子之一的徐干，在闺情诗《室思》中，用"思君如流水，何有穷已时"的比喻，表现了家中妇女对远方爱人的思念。曹植诗《杂诗》中，以佳人自喻："南国有佳人，容华若桃李。"左思《娇女诗》运用了不少比喻，描摹了女儿的天真形象，如"双耳似连璧"、"娇语若连锁"、"面目粲如画"等。

唐代以后的古典诗人用比喻写下不少万古流芳的诗句，如"燕山雪花大如席"（李白《北风行》），以席喻雪花，夸张比喻。"大弦嘈嘈如急雨，小弦切切如私语"（白居易《琵琶行》），形象、出色地描绘了琵琶声音的美感。"床头屋漏无干处，雨脚如麻未断绝"（杜甫《茅屋为秋风所破歌》）写出诗人的贫困生活。"海内存知己，天涯若比邻"（王勃《送杜少府之任蜀州》），写朋友间的真挚友情，成千古绝句。"大漠沙如雨，燕山月似钩。"（李贺《马诗》其五），出色地描写了我国西北地区的沙和月，一幅优美的风景图。

宋诗中也有不少人用比喻来写诗。欧阳修在《水谷夜行寄子美圣俞》一诗中，中肯地评论诗友苏舜钦的诗是"譬如千里马，已发不可杀"，意为诗风雄奇如千里马，一发不可收。他评论诗友梅尧臣的诗是"初如食橄榄，真味久愈在"，意为诗的佳妙之处不易立即领会。他用比喻将诗论形象化，开风气之先。苏舜钦有诗句"一生肝胆如星斗，嗟尔顽铜岂见明"，表明自己的胸襟光明磊落。苏轼《百步洪》诗第一首，描写为石所阻激河水冲泻的迅急："有如兔走鹰隼落，骏马下注千丈坡，断弦离柱箭脱手，飞电过隙珠翻荷。"全诗二十四句，就用了八句比喻、比拟，为空前之举。陆游诗《九月十六日夜，梦驻军河外，遣使招降诸城，觉而有作》诗句："阶前白刃明如霜，门外长戟森相向"，诗人在梦中想到自己兵多将广，兵器林立，流露出自己立功万里的雄心壮志。

明代诗人顾炎武的《精卫》一诗，以精卫填海为喻，写他抗清复明的决心。诗中云："我愿平东海，身沉心不改；大海无平期，我心无绝时。"清代诗人袁枚《到石梁观瀑布》一诗，形容瀑布"如旗如布如狂蛟，非雷非电非笙匏。银可飞落青松梢，素车白马云中跑。"这一连串形容瀑布的比喻句，可与李白《望庐山瀑布》诗相媲美。

"比"这一始于《诗经》的艺术表现手法，在我国古典诗歌中运用得最多。用具体的事物比喻或表达抽象思想感情，是艺术、文学，尤其是诗要求形象化、生动化、具体化的实际需要。它为诗的表现力开拓了一个广阔的空间。

兴

所谓"兴"，就是"先言他物以引起所咏之词也。"这种解释的意思是，在写诗时，诗人浮想联翩，于是借别的事物发端，引出诗人要记叙的人物事件和要表达的思想感情。兴作为发端，一般常用在开头，所以又称为起兴。"兴"的用法和作用是多方面的，主要有下列几种情况。

首先，协调音律以发端。这种起兴与所咏的内容没有意义上的联系，但有协调音律的作用，以便有个和谐动听的开端，引起读者的兴趣。如《诗经》

中《郑风·箨兮》：

> 箨兮箨兮！风其吹女。
> 叔兮伯兮！倡，予和女。
>
> 箨兮箨兮！风其漂女。
> 叔兮伯兮！倡，予要女。

这是一首描写男女唱和之乐的诗。女子要求她所爱的男子和他一起唱歌。而诗的每章开头都以风吹枯叶起兴。这种起兴和诗的内容及诗人所要表达的感情并没有什么意义上或逻辑上的联系。这类起兴在《诗经》中还有不少。

其次，借物生情以发端。这种起兴与所要吟咏的内容有某种意义上或逻辑上的联系。它制造了一种意境、一种氛围，能引起读者对诗中所咏的事物和所要表达的感情产生某种联系。如《诗经》之首，《周南·关雎》第一章："关关雎鸠，在河之洲。窈窕淑女，君子好逑。"全诗以河洲中鸣叫着的雎鸠起兴，然后写一个君子对所追求的姑娘的深切爱慕之情。表现手法委婉含蓄。

又如《陈风·月出》第一章："月出皎兮！佼人僚兮！舒窈纠兮，劳心悄兮！"第一句以描写升起的月亮洁白明亮起兴，第二、第三句是作者对月怀人，觉得心爱的女子格外俊俏、窈窕，第四句写作者心动不能平复。全诗重点写作者对心上人怀念的心理。再如：《秦风·蒹葭》的开头部分："蒹葭苍苍，白露为霜。所谓伊人，在水一方。"诗以"蒹葭苍苍，白露为霜"起兴。在秋天的清晨，天濛濛、水茫茫，白露在细长的芦苇上铺上了厚厚的一层霜，一派苍茫缥缈的意境。美人隔着清冷的秋水，在那一方，为表现诗人对美人的相思、追求而终不得的怅惘心情作好铺垫。诗情画意，情景交融，令人神往。

这种借物生情的起兴在后世的诗歌创作中屡见不鲜，但相对"比"而言，在后代的文人诗中用得甚少，在民歌中有一些，也远没有"比"用得多。如汉乐府诗《孔雀东南飞》的开头两句："孔雀东南飞，五里一徘徊"，初看与诗人所要描述的爱情悲剧无联系。可是当读完全诗再回味这个起兴的内涵，就发现它是托物兴词，其中蕴含着无限的情意。这种起兴虽不是当时所见，但却象征了焦仲卿和刘兰芝的爱情悲剧。它不仅可以引出下文，而且由于开篇就表现出一种徘徊顾恋、难分难舍的意境，强化了全诗悲怆凄凉的悲剧气氛。

诗歌开头的起兴，往往两句的居多，但也有例外，如《诗经》中《周南·汉广》是八句起兴。

　　再次，比、兴兼用以发端。比、兴在实际运用中，是很难区分的。比、兴常常联体使用，或兴中有比，或比又兼兴。因此，在欣赏诗歌时往往把比兴归为《诗经》以后许多诗歌的艺术表现手法。当然这种手法在《诗经》运用得最为普遍。例如：《周南·桃夭》开篇："桃之夭夭，灼灼其华。之子于归，宜其室家。"

　　整诗以"桃之夭夭，灼灼其华"起兴，桃树花枝招展，生机盎然，红红的桃花光彩照人。接着引入正文，"之子于归，宜其室家"。新嫁娘容光焕发，家庭生活美满。这首祝贺婚姻幸福的诗，以桃花起兴，象征新娘的艳丽，使人联想到青春年华和旺盛的精力，在兴中又兼有比，全诗洋溢着欢乐的情绪。

　　再如《小雅·青蝇》以青蝇嗡嗡的声音起兴，并比喻为谗言，警告人们不要上当受骗。开篇写道："营营青蝇，止于樊。恺弟君子，无信谗言"。诗以嗡嗡叫的苍蝇飞落在篱笆上起兴，以引出所要表达的思想，善良的人不要轻信谣言。形象逼真，比兴兼而有之。

　　始自《诗经》的这种比兴联体的表现手法，在古典诗歌的创作中比单一的起兴，运用得要普遍得多。如：汉乐府《艳歌行》开篇，"翩翩堂前燕，冬藏夏来见，兄弟两三人，流宕在他县。"以前两句写翩翩飞翔的燕子冬去夏来尚能见到起兴，引出兄弟之间由于流落他乡而难以相见的乡愁。以燕子四季变换地点，比喻兄弟漂泊异地。另一首汉乐府诗《白头吟》开篇也以"皑如山上雪，皎若云间月"起兴，表达了女主人公"闻君有两意，故来相决绝"的决心。用雪皑皑、月皎洁，来比喻爱情应该光明磊落、纯洁无瑕。

　　民歌多用比兴联体的表现手法自不必说，文人诗歌创作中也多有运用。如曹植的《赠徐干》一诗，开篇以"惊风飘白日，忽然归西山。园景光未满，众星粲以繁"起兴，引出正文，"志士营世业，小人亦不闲"。起兴句中，用"园景"（月亮）比喻"志士"，用"众星"比喻"小人"，由景抒情，爱憎分明。再如南北朝诗人谢朓的《王孙游》一诗："绿草蔓如丝，杂树红英发。无论君不归，君归芳已歇。"

　　诗的前两句是起兴，写春天的景色，引出对离家未归丈夫的嗔怪、埋怨，如果再不归来，春天就过去了，暗喻美人的青春已过。起兴句中之比在于，以春天红花配绿叶的美景，来比喻夫妇二人不分离的美满幸福。

　　赋、比、兴作为源于《诗经》的一种传统的艺术表现手法，为后世的诗歌创作不断运用。其中比、兴的运用更是新颖巧妙，丰富多彩。欣赏、学习、借鉴这些艺术表现手法，既使我们得到美的享受，也丰富了诗歌百花苑的瑰丽色彩，使人牢记诗歌带来的美感与快乐。

第二节　通感的特殊表现力

通感是诗歌创作的一种艺术表现手法或修辞手段。它是用感觉的相互作用来表现作家感受生活的一种形式。其表现形式是将各种不同的感觉相互代替、彼此打通。在视觉、听觉、嗅觉、触觉和味觉中，使两个感官互通，打破了眼、耳、鼻、舌、身各个官能领域的界限。颜色似乎会有温度，声音似乎会有形象，冷暖似乎会有重量，气体似乎会有体质。比如，看到红色，引起暖的感觉，看见蓝色，引起冷的感觉等等，这就是视觉与肤觉的通感。将这种种不同形式的通感写进诗中，能造成一种特殊的美学效果。文学创作和欣赏过程中的通感多种多样，它极大地丰富了诗歌的描写手段和艺术表现力。通感主要可分为以下三种形式。

感觉通感

由不同感觉的相互转化、交通引起的通感即称为感觉通感。这是诗歌描写中最普通的一种通感。

如，由听觉转触觉的。李商隐《拟意》中"珠串咽歌喉"，是说歌声仿佛具有珠子的形状，圆润光滑，这是将歌声转换成珠串之润滑。林东美《西湖亭》："避人幽鸟声如剪"，写那些躲避人的幽处之鸟，其鸣叫如剪刀一样快利，很有情韵。

如由视觉转触觉的。杜牧《秋夕》："天阶夜色凉如水"，写夜深人静，月光洒在宫门前的石阶上，给人一种清凉如水的寒意。夜色本应以明、暗区分，现转换成触觉，是凉如水。刘驾《秋夕》："灯光冷于水"同上句用法一样。李贺《蝴蝶飞》："杨花扑帐春云热"，云本无感觉，今言云热，是说云有了触觉。其他，唐庚《书斋即事》："松风意思凉"，杨万里《过单竹洋径》："无风生翠寒"，曹松《商山夜闻泉》："万木冷空山"等等，都是将作者亲眼目睹的事物，描写成带有冷暖感觉的东西，让读者去品味。

再如触觉的转为听觉的。叶绍翁《夜书所见》："萧萧梧叶送寒声"，是写秋风吹动梧桐叶沙沙作响，给人送来了寒意。梧叶送寒声中的"寒"本无声响，这里通用。

触觉变为嗅觉的。林升《题临安邸》中："暖风熏得游人醉"，写的是暖洋洋的湖风，把游人吹得好像喝醉了酒，以表示诗人对醉生梦死的统治者所怀的不满情绪。"暖风熏"实际上是"暖风吹",是将触觉暖风和嗅觉的"熏"勾通了,使原诗有了讽刺意味。

还有嗅觉变为触觉的。唐庚诗《栖禅暮归书所见二首》其二的"春着湖烟腻",原句意思是,春天的傍晚,湖上笼罩着带有浓重湿意的烟雾。"烟腻",烟是可嗅之物,腻是感觉的,诗人在诗中将二者融通。

再有听觉转换成嗅觉的例子。陆机《拟西北有高楼》:"哀响馥若兰",形容抚琴佳人纤纤细手,弹出的音调哀响犹如兰之馥郁芬芳。诗中将听觉的"响"与嗅觉的"馥"相通用,使人产生奇想。

听觉变为视觉的诗例也很多。如唐庚《书斋即事》:"竹色笑语绿",李世熊《剑浦陆发次林守一》:"枫霁烟醒鸟话红","月凉梦破鸡声白"等等。在这些诗中,声音是有颜色的,"笑语"是"绿"色的,"鸟话"是"红"色的,"鸡声"是"白"色的,这种通用意在新颖。

另外,还有一些描写通感的词句都直接采用了日常生活里表达这种经验的习惯语言。贾岛《客思》:"促织声尖尖似针";陆游《初冬》:"梅花未动意先香";程千帆《说唐温如〈题龙阳县青草湖〉》:"满船清梦压星河"等,其中"尖似针"、"意先香"、"压星河"等都是生活中的习惯用语,是诗人对事物突破了一般经验的感受,在深细地体会品味之后,推敲出新奇的词句。

表象通感

表象通感指相同表象之间的相互转化,这种通感在诗歌描写中不够普遍。比如白居易的《琵琶行》中世人传诵的一节描写:"大弦嘈嘈如急雨,小弦切切如私语,嘈嘈切切错杂弹,大珠小珠落玉盘。间关莺语花底滑,幽咽泉流水下滩。"诗人只是将各种事物发出的声息——雨声、私语声、珠落玉盘声、鸟声、泉声——来比拟"嘈嘈"、"切切"的琵琶声,并非说琵琶大、小弦声"令人心想"这种或那种事物的"形状"。这里出现的全是听觉,是听觉联系听觉,是听觉形象之间的通感,并未把听觉和其他感觉相沟通。韦应物的《五弦行》:"古刀幽磬初相触,千珠贯断落寒玉",用刀磬相触,千珠贯断等声音来比喻乐声,也是从听觉联系到听觉。李贺描写音乐的杰作《李凭箜篌引》中著名的诗句:"昆山玉碎凤凰叫,芙蓉泣露香兰笑",形容美妙的弦声像昆山碎玉的声音那样清脆,又像凤凰的叫声那样嘹亮;像荷花哭出的露珠那样圆润,又像香兰竞放笑逐颜开那样轻松。这也是以声音比喻琴声,又是从听觉到嗅觉的传递与转化。

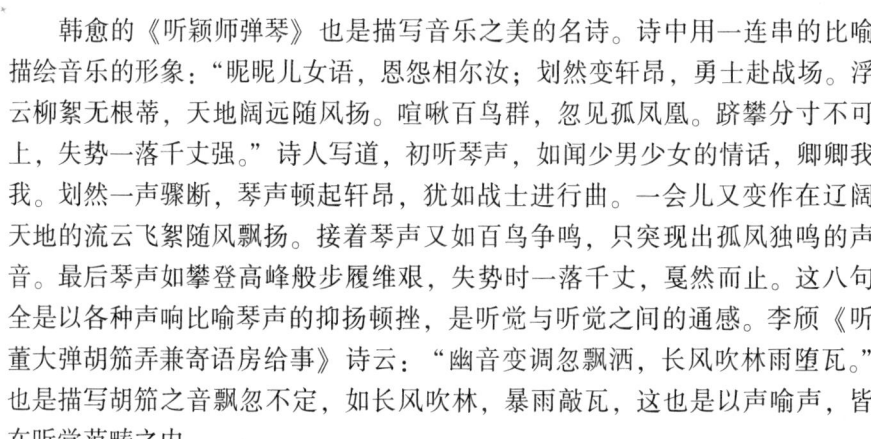

韩愈的《听颖师弹琴》也是描写音乐之美的名诗。诗中用一连串的比喻描绘音乐的形象：“昵昵儿女语，恩怨相尔汝；划然变轩昂，勇士赴战场。浮云柳絮无根蒂，天地阔远随风扬。喧啾百鸟群，忽见孤凤凰。跻攀分寸不可上，失势一落千丈强。”诗人写道，初听琴声，如闻少男少女的情话，卿卿我我。划然一声骤断，琴声顿起轩昂，犹如战士进行曲。一会儿又变作在辽阔天地的流云飞絮随风飘扬。接着琴声又如百鸟争鸣，只突现出孤凤独鸣的声音。最后琴声如攀登高峰般步履维艰，失势时一落千丈，戛然而止。这八句全是以各种声响比喻琴声的抑扬顿挫，是听觉与听觉之间的通感。李颀《听董大弹胡笳弄兼寄语房给事》诗云：“幽音变调忽飘洒，长风吹林雨堕瓦。”也是描写胡笳之音飘忽不定，如长风吹林，暴雨敲瓦，这也是以声喻声，皆在听觉范畴之内。

这些描写音乐声音之美的诗句千百年来为世人所传诵，重要的原因之一即是语言的优美，以至达到了“绘声绘色”的程度。不仅“色”是可以绘的，“声”也同样可以被描写，这是离不开表象通感这种诗歌表现手法的。

双重通感

双重通感指的是在第一次通感之后，再追加一次通感，使人达到双重艺术感受。这类通感在诗词中鲜为人见，为了说明起见，略举一二。

宋祁词《玉楼春》中有“绿杨烟外晓寒轻，红杏枝头春意闹”两句，写的是春天的景色。远望绿杨笼烟，晓寒料峭，近看红杏竞放，春意盎然。诗人运用的第一次通感是从“绿杨烟外”看到了“晓寒”，从“红杏枝头”看到了“春意”。第二通感，是从“晓寒”感觉到“轻”，从“春意”感觉到“闹”。

李世熊《寒支初集》卷一《剑浦陆发次林守一》中名句：“月凉梦破鸡声白，枫霁烟醒鸟话红。”这是写拂晓月白星稀，雄鸡啼，枫树周围鸟语声声。作者也运用了通感手法，第一次通感是写“月凉”、“枫霁”，第二次通感写“鸣声”——“白”，“鸟话”——“红”，颇有新意。

通感这种艺术表现手法越来越受到作者和读者的重视和注目。诗人可以把不易把握的事物属性鲜明地表达出来，并可以创造出许多独出心裁的新奇的艺术形象。鉴赏者可以得到许多启迪和思维的联想，可以得到别具一格的美学享受。

第三节　意境的创造和体味

意境在这里是指古代抒情诗中的艺术境界。这种艺术境界是由主观思想感情和客观景物环境交融而形成的一种意蕴或形象。其主要特点是描绘如画，意蕴丰富，启发人们的联想和想象，具有超越具体形象的、更为广阔的艺术空间。"意境"作为文论术语，始于唐代。托名为盛唐诗人王昌龄所撰的《诗格》中，提出"诗有三境"即"物境"、"情境"、"意境"。意境"亦张于意而思之于心，则得其真矣"，它主要指诗歌艺术形象所表现的内心感受、体会、认识，这种观点与后来所说的"意境"在内涵上有差异。晚唐司空图开始，更进一步结合意境来谈诗歌风格，后经欧阳修、苏轼、王夫之等人，不断以意境论诗，充实意境的内涵，直到近代王国维在《人间词话》中，对"意境"作了进一步、也是更新的阐发，才形成比较完整的"意境"说。

意境是诗歌创作和欣赏、评论时都很注意的内容，写作诗歌要注意创造一种意境，欣赏诗歌时要注意体味某种意境。在欣赏诗歌时，意境具体指的是要注意"意与境合"、"思与境谐"，即情与景的和谐统一。情指的是思想感情，景指的是艺术境界。意境是思想感情和艺术境界的结合，它不是两者的简单相加，而是有机地融为一个整体。欣赏一首意境完美的古诗，在情与景的和谐统一中，能得到美的享受，通过精湛的艺术境界领悟出纤细的思想感情，在深刻、含蓄的诗意和浓郁、诱人的诗味中，体会颇具匠心的艺术魅力。

由于诗人的艺术个性和不同环境的影响，诗中的意境是多种多样的。

触景生情的意境

诗人因见到某一景物、某一场景，油然而生发出某种情感。在古诗中这种情感的抒发常常表现为情与景的一致，情与景的融合，形成一种完美的意境。

如李白一首著名的小诗《静夜思》：

> 床前明月光，疑是地上霜。
> 举头望明月，低头思故乡。

作者见到床头前的明亮的月光，误以为是地上霜。后两句写他在抬头和低头之间，所见之景引出实感，即思乡之情油然而生。久居异地的游子因为对故乡的怀念早已蕴积心中，所以偶见床前月光，一触即发。其中意境之美主要在于触景而生的情异常含蓄。诗人为什么会在俯仰之间就产生思乡之念，诗人是思念故乡的山水、还是亲朋好友，思念的具体内容是什么，这所有的一切，作者都未言明。诗人只截取了个人生活中一个触景生情的"有包孕"的时刻，将平淡的景所引发的刹那间的感触，信手拈来，意境幽远，既能引起境遇相似者的共鸣，又能引起普通人的思索、咀嚼、回味。

这种意境完美、艺术魅力高超的古诗不胜枚举，如曹操的《短歌行》、杜甫的七律《蜀相》、王安石的《泊船瓜州》、黄巢的《题菊花》等等，都是意境含蕴无穷的名作。

缘情写景的意境

诗人用某种感情看待某一景物或场景，其笔下所描绘的这一景物或场景，也染上作者的主观感情色彩。这种意境被称为"有我之境"，即有着自己感情色彩的艺术境界。

例如曹丕《杂诗二首》之一中的四句诗："草虫鸣何悲，孤燕独南翔。郁郁多悲思，绵绵思故乡。"诗人俯听草虫悲鸣，仰视孤雁南翔，在这幽静、凄冷的深秋月夜，萧瑟、孤寂的环境气氛，怎能让背井离乡的诗人不油然而生思乡之情呢？前两句虽是写景，但景中情长，包含了作者自己的感情色彩。后两句直接抒发了游子思乡的情愫。

又如杜甫《春望》中的"感时花溅泪，恨别鸟惊心"句，花容和鸟鸣本是悦目悦耳的，由于染有战乱中作者自己的感情色彩，却觉得花也在溅泪，鸟鸣也使人心惊。他的《春夜喜雨》中有"好雨知时节，当春乃发生"句，这里的雨也成了和诗人感情一致的东西了。春天，诗人渴望贵如油的春雨，于是就独出心裁地把春雨写成有情之物，它像了解诗人的心愿一样，能"知时节"而降。正是由于诗人匠心独运，使春雨带上了自己的感情，才有"春夜喜雨"一题。

再如王之涣《凉州词》其一诗云："羌笛何须怨杨柳？春风不度玉门关"。这两句诗是诗人初入凉州地界，面对黄河、边城，耳听到《折杨柳》曲时所产生的万千感慨。这里的羌笛"怨"，春风"不度"，都有作者自己的感情色彩。

其他如张若虚的《春江花月夜》中最末两句诗："不知乘月几人归，落月摇情满江树"，表达了诗人对北天南的游子思妇的同情，不知道今夜有几人能趁月落之前的短暂时光归来，诗人让那落月的最后光辉摇动起满树的清影，

也怀着同自己一样的无限同情。

寓情于景的意境

诗人将自己的感情深埋在所写的诗中，这些诗表面看来全是写景，实际上也有情在，是寄情于景。例如：杜甫的《绝句》：

> 两个黄鹂鸣翠柳，一行白鹭上青天。
> 窗含西岭千秋雪，门泊东吴万里船。

这首诗犹如一幅美丽的风景画，翠绿的垂柳枝头有两只黄莺在歌唱，青湛湛的天空中一行白鹭向高空飞去。窗外是西岭千年不化的积雪，门前的河上停泊着许多远航的商船。从表面看，诗人描写的纯粹是自然风光，似乎没有什么深刻的内涵，然而仔细推敲，细心体会，并不难发现其中蕴含着的丰富细腻的思想感情。黄鹂翠柳、白鹭南归，一派春意盎然的景色；青山白雪、航船远来，生气勃勃，这意境突出了一个鲜明的主题，即春天来了。在诗人所描绘的画面中，洋溢着迎春的激情，透出春的气息。诗人从高山积雪联想到悠悠岁月，从江中航船遥想到辽阔大地，胸襟博大，开朗达观，使人能感觉到诗人高昂、欢快的情绪。

王维著名的山水诗《山居秋暝》也有寓情于景的意境。诗中写道：

> 空山新雨后，天气晚来秋。
> 明月松间照，清泉石上流。
> 竹喧归浣女，莲动下渔舟。
> 随意春芳歇，王孙自可留。

诗人在山村秋晚、空山雨后的空寂中，暗含了归隐心境的感受。而皎洁的明月从松间透出光亮，一泓泉水从石山上轻轻流淌，清秀淡泊的意境，使人能觉察到诗人宁静致远的心情。诗人在四十岁后过着"身在朝廷，心在山野"的亦官亦隐的生活，对仕途的厌倦之情和对人生的淡泊之情，突出地表现在最后两句诗中。他听到浣女们穿过竹林归家时的喧笑，看见牵动莲荷的渔舟返航时的场景，暗自联想到自己的境遇，不禁感慨生情，任随春芳消歇，时过境迁，自己还是留在这优美而空寂的山乡为好。

李商隐《霜月》诗的意境别有一番奇趣。诗云：

> 初闻征雁已无蝉，百尺楼南水接天。
> 青女素娥俱耐冷，月中霜里斗婵娟。

霜天月夜，诗人留意到雁叫时，蝉声已绝，也是深秋时节。置身高楼，凭高望远，视野开阔，月光像水一样和霜天融合在一起。诗人想见到霜和月分别化为青女、嫦娥，清冷相宜，风姿明净高雅。这种意境反映了诗人沉浸于梦想与追求中的心灵，对客观事物有着异乎寻常的感受。这首诗写的是自然景物，这种写景，不拘泥描摹景物外部细节，而是摄取了霜天月夜的内在美，并将这种内在美的魅力升华为美的神韵、美的意境。眼前的景物描写实为引发诗人梦想的激情。他表现霜天月夜之美，就是陶醉于自己的向往与追求。他以敏锐的感受力创造精微的意境，情愫幽隐，清情远意，余韵悠长。

意中有境，境中含意

有意境的诗并不全是千古传颂的佳句，因为意境有高下之分，新旧之别。只有那些意中有境、境中含意、景中出境、情中藏意的诗才是意境完美的传世佳作。

晚唐诗人杜牧的《清明》一诗以白描手法，真切地描绘出一幅生动的图画，使人进入到一种真正的艺术境界。诗中写道：

> 清明时节雨纷纷，路上行人欲断魂。
> 借问酒家何处有？牧童遥指杏花村。

短短的四句小诗描画出一幅春景图。清明时节是踏青、郊游、赏春、祭扫的好时光，可是偏偏天公不作美，细雨纷纷，令人平添了缕缕愁绪。包括离乡背井、远行在外、羁旅途中在内的，一时暂不得归的路上行人，戚戚伤怀，犹如魂断。或有想找酒家者四处探问，牧童遥指之处，杏花村中摇曳着酒旗。这首小诗所描绘的意境令人神往，读着诗句犹如感受到了路上行人的愁绪，听到雨中行人问路的话语，看到牧童遥指杏花村的姿态，也体验到行人神往酒家的心境。只有四句的小诗就能描写出如此清新自然、耐人寻味、诱人联想、感染力强的优美意境，确实难能可贵，诗中有意有境，令人陶醉。

唐代诗人张继的《枫桥夜泊》一诗脍炙人口、流传千古，只因其意境的绝妙。诗云：

> 月落乌啼霜满天，江枫渔火对愁眠。
> 姑苏城外寒山寺，夜半钟声到客船。

这是一首诗，也是一幅画。画中月亮西斜，栖鸦啼鸣，秋霜满天。面对江边枫树簇簇和江中渔火点点，诗人带着客愁，难以入眠。在夜泊的客船上隐隐约约可以看到寒山寺，并听到寺中夜里传来的钟声。真是一幅美丽的"枫桥夜泊"画，诗自然也成了题画诗。诗人将他在长夜失眠之后所见、所听、所感的多重印象，相互融通，于寂寞、冷清中寄寓着诗人的羁旅愁思。但是由于作者兴致盎然的景物描写，使境中有意，人们得到的是一种美感，一种被带入诗画意境的快感。

王维脍炙人口的山水诗《鸟鸣涧》描写山中春天的月夜景色，达到了出"诗"入画的境地。小诗只有短短的二十个字：

> 人闲桂花落，夜静春山空。
> 月出惊山鸟，时鸣深涧中。

这首描写春山月夜幽静的小诗，词语普通，清新自然，静中有动，动中显静。诗人用"人闲"、"夜静"、"山空"这六个字写静，紧接着通过"花落"、"月出"、"鸟鸣"这三个动宾搭配的词组，强调动态，从而诗中之画开始活了起来，而在这"画"中又饱含了诗的意蕴，兼诗情画意之美，得意境交融之妙。一幅极幽静的春山月夜图景浮现在眼前，你看，山月当空，春野空旷，桂树婆娑，落英缤纷，月惊山鸟，空谷传音，意境幽远，仿佛使人身临其境，一种富有生活情趣的幽静之美令人陶醉。

景新情殊，境近意远

诗人笔下的景物或场景，有些是常用的题材，但是能写出新意来，意境必然新颖。"境近"指描写的景物要具体、真实、有艺术感染力，"意远"指思想感情要深远，能启发人、感动人。写常见的景物而寄寓了深邃的思想，也是意境不凡的好诗。

例如，唐代长安的慈恩寺高塔，以其体势高大曾吸引了许多文人墨客登临题诗，但其中因意境有高下之分，诗也有优劣之别。其中一首是章八之写的《题慈恩寺塔》：

> 七层突兀在虚空，四十门开面面风。
> 却讶鸟飞平地上，自惊人语半空中。
> 四梯暗踏如穿洞，绝顶初攀似出笼。
> 落日凤城佳气合，满城春树雨蒙蒙。

这首诗对慈恩寺塔的描绘，不能说不细腻，可以说面面俱到；也不能说不精心构思，可以说从塔的外形到内部构造都写了；更不能说诗中没有情，

因为诗中也写了登临高塔的景况和惊讶其高的心情，以及到塔上俯视的感受，但是缺乏新意、新的感受和深邃的思想，一句话，因缺乏景新情殊的意境而显得平淡无奇。

再看杜甫的《同诸公登慈恩寺塔》一诗则不同：诗人抓住了景物特点，写得有声有色。诗的开篇两句："高标跨苍穹，烈风无时休"，仅十个字就写出了塔高耸天的特点。接下两句："七星在北户，河汉声西流"，写已登临塔顶后，仿佛北斗七星在北不远，而又能听到天河的流水声，以夸张的描写突出高塔高耸入云，给人印象格外强烈。最主要的是，这首诗写出了诗人的独特感受，境近意远，令人感动。诗人见到长安周围的景象，感受颇深：

> 秦山忽破碎，泾渭不可求。
> 俯视但一气，焉能辨皇州？

诗人见到的景物尽管由于塔高、有雾气，但一定很多，但是只描写雾气蒙蒙，泾水和渭水看不清了，甚至连长安城也难以分辨。在这种真实的感受中，蕴含着对国家的忧虑，当时唐王朝的政治气氛也是"但一气"的。这样，由于景物描写有新意，所寄寓的思想情感也深远，因而这是一首具有高超意境的好诗。

宋朝沈括《梦溪笔谈》卷十五云："河中府鹳雀楼三层，前瞻中条，下瞰大河。唐人留诗者甚多，唯李益、王之涣、畅当三篇能状其景。"这三位诗人的三篇名诗，使鹳雀楼千古流名。

畅当的《登鹳雀楼》是五言绝句：

> 迥临飞鸟上，高出世尘间。
> 天势围平野，河流入断山。

这首诗写得有气势，凭空临远，视界开阔，情调高逸，就写景而言，在三首诗中并不逊色，但诗的意境不足，境多意少，只能算中乘。王之涣的《登鹳雀楼》也是一首五绝：

> 白日依山尽，黄河入海流。
> 欲穷千里目，更上一层楼。

诗中有景有情，情景交融，有意有境，意境俱佳。这三首诗相比较，这首诗可算上乘。人们也更喜欢王诗，究其原因，显然是因为王诗所描写的意境更耐人寻味。正如俞陛云的《诗境浅说》所评论的："同咏楼之高迥，而王诗更上一层，尤其余味。"

相比较而言，李益的七律吊古之情较多较实，缺乏新意，而景又写得过少，给人联想的意境太少。畅当的五绝景写得过实，缺乏深刻的思想，也未有启迪人的想象力，意境有所欠缺。唯有王之涣的诗，写得空灵、活脱，能鼓起读者想象的风帆，载着丰富的联想驶向人生的海洋，使人在欣赏诗的过程中，开拓出新的意境。

古诗中的意境，可以说就是诗人的主观思想感情和客观事物相融合而形成的一种艺术境界。它犹如一幅情景交融、形神统一的有立体感的艺术画面一样，能诱发读者进入其中，并能在欣赏过程中不断丰富、不断改变它的审美价值取向，再创造出一种新的韵味无穷的意境。

第四节　从含蓄中发掘美

有些古诗所描摹的情景事理，虽与我们相隔久远，但我们却百读不厌，犹如咀嚼橄榄，余香满口，这主要是这些诗"含不尽之意，见于言外"，简言之即"含蓄"。含蓄的诗可以将丰富的生活内容和思想感情深含于艺术形象之中，读者回味、思索、体会、领悟这些浓缩的诗句时，隐藏在诗句后的"弦外之音"、"味外之味"，才更有无穷的意味。

古诗中的含蓄主要包含着两层意思，就内容而言，指诗中有言外之意，就手法而言，指表意达情时不要直露。无论叙事抒情都要尽量做到含意深隐，好诗贵在含蓄。不妨举几首内容相同的送别诗作比较说明。

李白《赠汪伦》诗云：

> 李白乘舟将欲行，忽闻岸上踏歌声。
> 桃花潭水深千尺，不及汪伦送我情。

王维《齐州送祖三》诗云：

> 相逢方一笑，相送还成泣。
> 祖帐已伤离，荒城复愁入。
> 天寒远山净，日暮长河急。
> 解缆君已远，望君犹伫立。

李白《黄鹤楼送孟浩然之广陵》诗云：

> 故人西辞黄鹤楼，烟花三月下扬州。
> 孤帆远影碧空尽，惟见长江天际流。

这三首诗都表现了送别朋友时的感情，对作者来说，都情真意切，发自肺腑；对读者来说，由于诗中运用含蓄的手法程度有别，因此，感受程度不尽相同。

第一首诗，诗人感叹汪伦送自己的情意深，恰当地运用了比喻句，桃花潭的水虽然有千尺之深，也比不上汪伦送我的深情厚谊。这首诗没有运用含蓄的手法，直接描写二人情意之深长，但总使人觉得浅白有余，而含蓄不足。第二首诗因最末两句"解缆君已远，望君犹伫立"，表明诗人王维已运用了含蓄的手法，没有明言二人情意有多深多长，但都直接叙述了自己站在江边久久凝望的情景，比前一首有了含蓄的深度。第三首诗没有明说，只是表现孟浩然乘船在长江里远行了，"孤帆远影碧空尽，唯见长江天际流"。诗人站在岸上看啊，看啊，直到船帆在遥远的碧空里消逝不见了，只剩下长江水在天边流动。诗人同孟浩然的感情有多深，站在岸上的时间究竟有多长，都没有言明，反而使人觉得一往情深。这样的诗含意深隐，余韵悠长，"言有尽而意无穷"，是诗人运用含蓄手法的结果。将上述三首诗一比较，就不难看出含蓄手法对增强诗意、诗味、诗情的深刻所产生的作用。

含蓄的诗并无人为的标准，只是鉴赏者体会出来的。因为它既有程度深浅的不同，又有表现方式的不同。有的含蓄明确，有的含蓄有暗示，有的含蓄不易察觉，但都给读者留有思索的余地，只是空间大小有别而已。为了便于分析，以含蓄的手法和内容为标准，可将其分为下列两类。

点明有含意，却不直言

这类诗的含蓄主要表现在作者把自己所要表现的意思蜻蜓点水似的写了出来，多用问句，但并未在诗中作正面回答，但是诗人的真意和回答都蕴含在艺术形象里了。

曹操的抒情诗《却东西门行》的后半部分连用了两个问句，情真悲极，催人泪下：

> 奈何此征夫，安得去四方？
> 戎马不解鞍，铠甲不离旁。
> 冉冉老将至，何时返故乡？
> 神龙藏深渊，猛虎步高岗。
> 狐死归首丘，故乡安可忘！

这首诗的前半部分主要描写出征将士漂泊不定的戎马生涯，突出他们的不幸。下半部分写他们内心虽然厌倦这种生活，可他们又能怎么样呢？怎样才能结束南征北战的奔波劳顿呢？长年累月，马不能离鞍，身不能卸甲，眼看老之将至，哪里是个归宿呢？最后四句作者以龙、虎、狐等动物作比，说明"物各有安居，死犹恋土"，人亦不可忘记自己的故乡，把征夫归乡之情推向至死不渝的高峰。诗中"安得去四方"、"何时返故乡"，都没有明确的说明，但却令读者格外痛恨战争，分外同情远征的将士。

再如陶渊明《饮酒》一诗：

> 结庐在人境，而无车马喧。
> 问君何能尔？心远地自偏。
> 采菊东篱下，悠然见南山。
> 山气日夕佳，飞鸟相与还。
> 此中有真意，欲辨已忘言。

这首诗是诗人辞官归隐后写的。他把农村景象写得如此优美，把自己在归隐生活里的心情表现得悠然满足。诗末只说："此中有真意"，但"真意"是什么？没直接说。其"真意"即是赞美归隐生活，以反衬官场生活的恶浊。

李白在《山中问答》一诗中也是将"真意"隐藏起来，让读者自己去领悟。诗中写道：

> 问余何意栖碧山，笑而不答心自闲。
> 桃花流水窅然去，别有天地非人间。

诗中对诗人为什么属意栖碧山的问题，也是"笑而不答"，没有明确讲出于什么原因，但是在后两句诗中，诗人所描绘的桃化流水是何等的美好，真是天上人间，这不正是诗人要隐居"碧山"的原因吗？

崔颢的《黄鹤楼》一诗传千古：

> 昔人已乘黄鹤去，此地空余黄鹤楼。
> 黄鹤一去不复返，白云千载空悠悠。
> 晴川历历汉阳树，芳草萋萋鹦鹉洲。
> 日暮乡关何处是？烟波江上使人愁。

这首诗主要描写诗人凭吊黄鹤楼古迹并借以抒发的个人情怀。全诗景象开阔，意境苍凉。在大量描写了黄鹤楼的典故和景色之后，诗人登楼极目远眺，烟波浩渺，可自己的家乡在哪里呢？诗人在自问之中流露出淡淡的思乡之愁。诗人问"日暮乡关何处是"？其实所要表达的，正是知道家在何方才引起的无限怅惘，引发出读者的思乡情感，颇有余味。

杜甫的名诗《前出塞》其六写道：

> 挽弓当挽强，用箭当用长。
> 射人先射马，擒贼先擒王。
> 杀人亦有限，立国自有疆。
> 苟能制侵陵，岂在多杀伤？

杜甫的诗极善于将叙事和抒情完美地结合在一起，叙事容量大，抒情意味深。

这首诗先从出征打仗的经验开篇，平白晓畅，但却意味无穷，因而"射人先射马，擒贼先擒王"，才得以因深含哲理而成口碑之名句。诗人将反对开边杀伐的思想凝聚在末句："苟能制侵陵，岂在多杀伤？"诗人将自己的思想点到为止，惜墨如金。读者从字里行间能发现诗人反对好战厮杀的思想。人们评论杜诗的含蓄时说："蕴藉最深，有余味，有余情"，"一咏三叹，味之无穷"。

范仲淹的《江上渔者》更是一首含蓄、不尽之意见于言外的好诗。诗是这样的：

> 江上往来人，但爱鲈鱼美。
> 君看一叶舟，出没风波里！

这首小诗仅二十字却写出江上渔民的辛苦，表现了作者的深切同情。诗中写江上往来行人都爱吃鲈鱼，可是这鲈鱼却是渔民驾着小船，在风波里冒险才得到的。诗人选取了生活中蕴含量很大的一个片断，即"君看一叶舟，出没风波里"，它包含着渔民的辛勤劳动和危险的生活。诗人对其中所"包孕"的内容并不说破，让读者去体味，是以片言而寓百意，耐人咀嚼。

这类的诗还有很多，但都必须经过读者的一番思索、领悟，寻觅出隐匿在字面下的意义，才能深得其中的三昧。

直叙寓意，含蓄深刻

这类诗的含蓄是作者将自己所要表达的思想感情直接叙述出来，但是直接叙述，并不等于直露，因为那样就不含蓄了。因此，这类诗无论是叙事，还是抒情，同样寓意深沉，含蓄程度很深。例如陈子昂的《登幽州台歌》：

> 前不见古人，后不见来者。
> 念天地之悠悠，独怆然而涕下。

此诗只有短短的四句，却把作者那种感慨万千的悲凉意绪表现得淋漓尽致。幽州台在古幽州蓟县，故址在今北京。诗人随军出征，屡谏不纳，心中悲愤已极，写下自己登蓟北楼（即幽州台）时联想古今、怀才不遇的悲戚。诗人直接表达了自己"怆然涕下"的悲戚，也十分含蓄地流露出怀才不遇的深沉强烈的不满。读者尽管并无诗人那种不幸的遭际和痛苦，但还是被那种登高望远、极目古今的宏伟胸襟、那种雄浑的气魄，以及那种苍茫辽阔的艺术境界所震撼，由于感受到时空无限而深思个人怎样才能不虚度自己有限的年华。这就是此诗含蓄的感染力。

崔护因《题都城南庄》一诗而留名后世，其原因主要在于含蓄。诗中写道：

> 去年今日此门中，人面桃花相映红。
> 人面不知何处去，桃花依旧笑春风。

诗中写去年今日的诗人曾在此门中见到一位面如桃花红的美貌少女，现在却不知去往何处，只有桃花依旧。这首即兴小诗虽平铺直叙，却令人回味无穷。首先，有一位没有正面写到的人物，也就是"去年今日"和今年今日两度来到"此门"的人物，他是何许人，费猜测。其次，"人面"如桃花的少女"不知何处去"了，又令人猜谜，是出门了？是出嫁了？还是夭折了？等等，令人心焦。正是这种含蓄将读者引上审美联想的轨道，但这种含蓄是深匿的，并不易被人察觉。

刘禹锡写了许多民歌体的组诗，其中《浪淘沙词》九首之六以立意深邃，最为后人传颂：

> 日照澄洲江雾开，淘金女伴满江隈。
> 美人首饰侯王印，尽是沙中浪底来。

诗中主要描写当一轮红日驱散江上晨雾时，一群群淘金姑娘已经在江湾处辛苦地淘金了。诗人马上联想到美人的首饰和侯王的金印不都是淘金姑娘们劳动的结果吗？表现了诗人对淘金女的赞美，对权贵的蔑视。美人首饰、侯王金印究竟从何来，不大为人们所注意，诗人却抓住这一问题的实质，将它和淘金女的劳动联系起来，难能可贵。诗人直叙事实，却极为含蓄，使人们努力去思索这种现象存在的不合理性，尽情发挥自己的想象力。

杜牧的七言绝句含蓄深婉，流情感慨，别具一格。被后人誉为"绝唱"的《泊秦淮》是他七绝中的杰作。全诗只有四句，却意味深长：

烟笼寒水月笼沙，夜泊秦淮近酒家。
商女不知亡国恨，隔江犹唱后庭花。

诗中写道，河水清冷蒙着水雾，月亮的光辉映照在沙岸上。夜泊在秦淮河上的诗人，因近靠酒家而听到歌声。原来是不知亡国恨的歌女，隔着江水又唱起陈代的亡国之音《玉树后庭花》。诗人在生动地渲染秦淮河岸的环境、气氛、夜色之后，由歌女吟唱引发出无限的感慨。诗人把对历史的咏叹与对现实的思考紧密地结合起来，蕴含了深刻的思想感情。最后两句诗最为含蓄，它既有感于歌女在亡国的旧都金陵唱导致亡国的靡靡之音，引人深思；又有感于达官贵人纵情声色、醉生梦死的生活的荒淫。诗人的弦外之音，似乎是在向世人诘问：谁还记得陈朝亡国的教训？谁肯关心大唐帝国的命运呢？此诗的含蓄主要表现在这里，这也是这两句诗得以流传的主要原因。

王安石《泊船瓜州》一诗含蓄得体、意味深长，是王安石二次拜相进京，泊船瓜州时写下的：

京口瓜州一水间，钟山只隔数重山。
春风又绿江南岸，明月何时照我还？

诗中叙述了京口和瓜州只一水之隔，家乡钟山和瓜州之间也只隔数重青山，春风在不知不觉中吹绿了江南的山山水水，什么时候明月才能照着我再回到钟山家乡呢？这首诗表达了诗人奉旨回京时的欣喜之情，以及怀恋家乡的复杂心理。诗中含蓄地写出诗人对二次拜相、推行变法所产生的疑虑。诗人想借使江南大地处处变绿的春风，驱散政治上的寒流，开创变法的新局面。诗人将自然气候的变化和政治气候的变化融为一体，借景抒情，寓意深刻。

李清照的《夏日绝句》是借古讽今之作，既有新意，又含蓄，为后人传颂：

生当作人杰，死亦为鬼雄。
至今思项羽，不肯过江东。

诗人表示，活着要争当人中的豪杰，死了也要成为鬼中的英雄。歌颂项羽兵败无颜见江东父老而自杀的壮举。诗人爱憎分明，境界高洁。颂扬项羽悲壮之死，意在抨击南宋朝廷的南逃妥协，偏安江南。诗中的感情强烈，直抒胸臆，但寓意深藏，令人百读不厌。

《题临安邸》一诗为南宋诗人林升所写：

山外青山楼外楼，西湖歌舞几时休！
暖风熏得游人醉，直把杭州作汴州。

这首诗的背景是中华半壁河山沦陷，南宋偏安杭州，苟且偷生。诗中首先写了西湖的风光，以及在轻歌曼舞中醉生梦死的生活。接着诗人抒发了自己的无限感慨，这种歌舞升平、穷奢极欲的靡靡之风，把游人都熏醉了，致使那些沉湎于游乐而不顾国家危亡的人们，简直把临时避难的杭州当成了北宋沦陷的京城汴州了。诗人的言外之意，即辛辣地讽刺了乐不思蜀的无耻统治者连自己原来的国家都忘了。诗的最后一句，"直把杭州作汴州"写得入木三分，含蓄蕴藉，寄寓着诗人的愤怒之情、忧国之思，潜藏着诗人炽热的爱国主义深情。

上述这些诗都可称为是好诗，虽然这些诗表达含蓄的方法不同，深浅各异，但都有独到之处。它们的共同点在于言近旨远，词浅意深，虽诗句已结，而含意未尽，使读者望表而知里，睹一事于诗中，反三隅于诗外。

第五节　形象思维与读诗

诗要用形象思维，它主要是凭借生动、丰富、新颖、奇特的艺术形象去感染读者，教育读者。因此，读者读诗、欣赏诗也须用形象思维，只有遵循形象思维的规律，才能从读诗中得到美的享受，也只有从形象思维出发，才能发现古诗中美的真谛。形象思维主要有三个明显的特征，即形象、想象和感情。这三个因素与形象思维相依为命，是形象思维赖以存在的三根支柱。我们分别谈谈它们的形象思维在审美欣赏过程中的关系。

形象与形象思维

形象是诗词等文艺作品中创造出来的生动具体的、激发读者思想感情活动的生活图景，通常指诗中或其他文艺作品中人物的神情面貌和性格特征。形象是形象思维的最本质的特征，形象是形象思维的起点。原始的生活形象激发了作家，引起他们进入形象思维，最后他们又创造出一幅幅完整的艺术形象，供读者欣赏。形象思维就是依附着形象所进行的思维，而思维的结果就是要构成各种各样的艺术形象。

艺术形象是读者欣赏的主要对象，艺术形象的构成又主要依靠具有形象色彩的词语。许多词语在表达概念、传达某种信息时，还附带着某些形象感，

即词语的形象色彩。在诗中，由于言简意赅，形式相对短小，要想在有限的篇幅内感动读者，词语的形象更是必不可少。当诗人用形象的语词构成艺术形象后，读者在读诗时，凭借以往的感受经验和印象，产生一种对客观事物形象的联想，主要包括视觉、听觉、味觉、嗅觉、触觉等形象感觉，其中尤以视觉形象居多。

形象词语可以使艺术形象的表达更为真切、具体、生动，也要更传神。

素有"苦吟诗人"赞誉的贾岛，有名句"鸟宿池中树，僧敲月下门"。据说原句是"僧推月下门"，是韩愈帮他在"推""敲"二字中选择了"敲"字。"僧敲月下门"之所以优于"僧推月下门"，其重要原因就是"敲"字有声感，使读者产生了听觉形象。

王安石的诗素以语言精炼、造意新颖著称。他晚年的山水小诗名篇《泊船瓜州》中有名句："春风又绿江南岸"，其中的"绿"字一再推敲，曾用过"到"、"入"、"过"、"满"等十余字，最后才选定"绿"字。"绿"字之所以比"到"、"入"、"过"、"满"等词用得妙，就在于它是表颜色的词，有视觉形象感，而且"绿"字在句中活用为动词，不仅给人以色感，而且给人以动感。一个"绿"字，就把春天在不知不觉中悄然降临，并染绿了江南山水的变化，形象地表现出来。

被誉为"乐府之冠"的《敕勒歌》也是以形象赢得赞誉的。全诗只有七句27个字：

敕勒川，阴山下。
天似穹庐，笼盖四野。
天苍苍，野茫茫，风吹草低见牛羊。

这首千古绝唱具有"清水出芙蓉，天然去雕饰"的朴素美。诗的开篇两句点明地点，三、四两句以形象恰当的比喻写置身于这一地点的真实感受，最后三句写举目所见。站在连绵无垠的阴山脚下，望着茫无际涯的大草原，头上是蔚蓝的天空，真像是置身于一座硕大无朋的毡帐之中。它以形象化的词语构成一幅生动、具体的画图，给人以辽阔、安适的感受。在这幅图画中，天空苍色、原野茫远，风在吹、草在起伏波动，还有成群的牛羊。有声、有色、有静、有动，这幅天地开阔、水草丰盛、牛羊肥壮的塞外草原牧景图，以具体的艺术形象激发了读者的思想感情活动，使人如临其境，如染其情，受到极大的艺术感染。

李贺的诗艺术性较高，形象性较强，这是他成功地运用形象思维的结果。例如他的著名诗篇《雁门太守行》：

黑云压城城欲摧，甲光向日金鳞开。

角声满天秋色黑，塞上燕脂凝夜紫。

半掩红旗临易水，霜重鼓寒声不起。

报君黄金台上意，提携玉龙为君死。

这首诗描写了危城守将誓死报国的决心。一开篇就生动地描绘出敌兵压境、危城将破的险恶景象。敌人犹如黑云压城，铠甲向阳如金鳞闪光。接着诗人又描写了双方日夜激战的惨烈景象。白天号角震天满秋色，日暮塞上和着战血凝成紫色。守城将士撤退时，战旗半卷，鼓声低沉。最后诗人描写守城将士为报君恩，守疆土奋勇抗敌，视死如归。全诗犹如一幅敌我双方你死我活的浴血奋战图，形象异常鲜明。诗中用了黑、紫、红、黄等极富浓艳色彩的词，加强视觉形象色彩，以烘托强烈的战争气氛。还用了压、开、满、凝、掷、起、报、提、死等动词，描绘出敌我双方浴血奋战的惊心动魄的场面。正是这些形象的词语，使人感到如身临其境，如目睹其景。李贺笔下栩栩如生的艺术形象之所以瑰奇、浓艳，是他将形象思维付诸实践的尝试。

"诗要字字作，也要字字读"，对于利用形象思维苦吟而成的好诗，必须利用对形象的理解，字字玩味。一知半解、囫囵吞枣，既不是诗歌艺术欣赏，也得不到任何审美享受。诗歌中利用形象思维构成的形象，并不像电影电视一类视觉艺术那样，具有形象的可视性，因此，读诗时，必须根据自己的实际生活经验、心理感受经验和各种各类知识，想象出作者所描绘的各种生活图景和各种艺术形象。诗的形象有其一定的确定性，只要按照诗的艺术形象所规定的范畴去进行联想，就会从不同程度上加深对原诗的理解。

想象与形象思维

没有艺术想象就无以构成艺术形象。因而艺术想象是进行形象思维的基本方式。诗歌创作在进行艺术构思时离不开想象。无论是对已有的生活素材进行选择和加工，还是对生活素材中缺少的环节进行补充，甚至对于比、兴的运用，形象词语的推敲等等，都需要想象。毫不夸张地讲，没有想象，就无法进行形象思维，就不会出现成功的艺术形象。而没有想象要想进行诗歌欣赏，要想理解艺术形象也是不可能的。

艺术想象没有周边范围，它可以超越一切时空界限，无边无垠。例如：《古诗十九首》第十首《迢迢牵牛星》：

迢迢牵牛星，皎皎河汉女。

纤纤擢素手，札札弄机杼；

终日不成章，泣涕零如雨。

河汉清且浅，相去复几许？

盈盈一水间，脉脉不得语。

　　牵牛和织女作为星宿之名始见于《诗经·小雅·大东》篇，但二星宿无任何关系。这首古诗大概是最早而又最完整地记录了它们作为一对情侣，可望而不可即的文学作品。诗人仰望天际中的牵牛、织女两星，展开了想象的翅膀，飞向奇幻的神话世界。他仿佛看到俊美灵巧的织女，不停地扬起纤细的手指，埋头在织机上劳作，可是终日织不好，满面泪流如雨。原来，银河虽然清且浅，相去不远，但竟成为咫尺天涯，使她和牵牛只能隔河相望，含情不得语。奇丽的想象可以从奇魅的神话传说中得到启发，而在这故事中注入悲剧因素却是诗人感情的寄托，是借助艺术想象的一种感情升华。只有从生活素材中获取灵感，才能赋予星汉灿烂中的织女星以奇丽的想象，而想象又是如此的细腻入微、感人至深。

　　读唐温如《题龙阳县青草湖》一诗，能发现这位生平无考的诗人所具有的独特艺术想象：

西风吹老洞庭波，一夜湘君白发多。

醉后不知天在水，满船清梦压星河。

　　诗人描写洞庭湖秋色，不从草木衰落写起，而从湖水兴波写起，并有了一句颇有想象力的诗："西风吹老洞庭波"，令人称奇。湖波岂有老，而况还是由于西风吹的缘故，这些想象都是超乎前人的。接着在青草湖畔的诗人面对湖光水色，又突发奇想，湘君虽然可长生，并非不老，虽然成神，并未忘情，对此秋色，岂能无动于衷，她会在一夜之间增添不少白发。紧接着诗人又凭借奇特的想象创造了一个神奇的境界，即沉醉后的梦境。诗人进一步利用梦境，想象到天在水中，即星河倒影，而船亦不在水面而在星河之上，又联想到自己睡在船上，连同梦一起都是有重量的，都间接地压在星河之上。而梦岂能用船装载，满船压星河之梦，又岂能是"清"梦？这虚实结合、真幻相间、醉与醒穿插、梦与诗交织的艺术境界，非有超凡的想象力是不能入诗的。

　　大诗人李白的艺术想象是举世公认的。他的《古风》第十九首写道：

西上莲花山，迢迢见明星。

素手把芙蓉，虚步蹑太清。

霓裳曳广带，飘拂升天行。

邀我登云台，高揖卫叔卿。

恍恍与之去，驾鸿凌紫冥。

俯视洛阳川，茫茫走胡兵。

流血涂野草，豺狼尽冠缨。

　　这首诗大约是李白在安禄山攻陷洛阳称帝以后写的。诗中的想象十分新奇，也十分大胆。诗人因不满现实而幻想自己西上莲花山，远远地见到明星仙女。在仙女引导下，诗人腾云驾雾，应邀登上云台峰，拜谒了仙人卫叔卿，恍惚中和他一同驾鸿飞翔在天空。诗人大胆想象自己俯瞰洛阳川，到处都是安禄山的贼兵，人民生灵涂炭，血染大地，安禄山手下的贼臣都做了高官。充分表现了诗人强烈的爱憎情感。

　　李白诗中的艺术想象十分丰富，可从地下想到天上，也可从当今想到往古。在其他的诗中，我们不难发现诗人李白的艺术想象是卓绝前人的。他写下后人难以企及的诗句："明月出天山，苍茫云海间。长风几万里，吹度玉门关。"（《关山月》）"永结无情游，相期邈云汉。"（《月下独酌》）"天上白玉京，十二楼五城。仙人抚我顶，结发受长生。"（《经乱离后天恩流夜郎忆旧游书怀赠江夏韦太守良宰》）"遥见仙人彩云里，手把芙蓉朝玉京。先期汗漫九垓上，愿接卢敖游太清。"《庐山谣寄卢侍御虚舟》"脚著谢公屐，身登青云梯。半壁见海日，空中闻天鸡。"（《梦游天姥吟留别》）"日照香炉生紫烟，遥看瀑布挂前川。飞流直下三千尺，疑是银河落九天。"（《望庐山瀑布》）

　　在李白所有的诗中，几乎都可以发现诗人异乎寻常的艺术想象。天山明月、万里长风、香炉生烟、三千尺飞瀑都是诗人随手拈来的笔下之物。而天上人间、与明月相期云汉、敖游太清又都成了诗人任意往来之地。至于天上的鸡鸣、仙人的教诲、天上的宫阙、天上的云之君，李白不是耳闻就是目睹。在诗人想象的天国里，没有诗人想去而去不到的地方，没有诗人想见而见不到的人，真可说是心从天外归，思从史中来。

　　其他诗人所作想象奇特的诗句还有：苏轼《饮湖上初晴后雨》中"欲把西湖比西子，淡妆浓抹总相宜"两句，为了表示西湖水光山色之美，诗人以新奇的想象将西湖比作美女西施。贺知章的《咏柳》中"不知细叶谁裁出？二月春风似剪刀"，把生机盎然、整齐新绿的细叶想象成是由春风这把"剪刀"裁成的。岑参的《白雪歌送武判官归京》中诗句"忽如一夜春风来，千

树万树梨花开"，诗人把塞外寒风酿成的大雪，想象成春风催开的万树梨花。刘禹锡的《望洞庭》诗中"遥望洞庭山水翠，白银盘里一青螺"两句，把洞庭湖想象成"白银盘"，把湖中碧翠的山水想象成盘中的"青螺"，让人叫绝。杜牧的《赠别》中诗句"蜡烛有心还惜别，替人垂泪到天明"，描写诗人把蜡烛想象成有生命、动感情的事物，当它知道诗人心中的离别痛苦以后，竟然懂得"替人垂泪"，并且通宵达旦。

上述这些反映诗人艺术想象的诗句，只是古典诗歌中具有丰富想象的极少一部分。由于想象使诗人重新在内心里创造出新的形象，因此，它具有具体的形象性的特点。从这些新奇的想象中，可以发现诗人不同的创造性。诗人一方面通过想象来构思他们的形象，另一方面又在想象中把自己的感情全部渗透到创作的过程中去。正因为这样，读者在欣赏一首诗时，要充分运用自己的想象力，努力去捕捉诗人的想象，力求和它同轨，并通过想象去欣赏形象，认识形象所蕴涵的美学意义。

感情和形象思维

感情也是构成形象思维的重要因素。一位作家对某种社会生活有了感受，不论这种感受是积极的，还是消极的，总想把它表现出来，而且总是伴随着自己的爱憎情感表现出来。因此，一篇作品不包含作家的思想感情是不可能的，尽管这种思想感情有时蕴含得很深，但终究是会觅得蛛丝马迹的。凡文学作品都需要表现感情，诗尤其需要表现感情。我国古代早就有"诗言志"的主张，"志"就是"情"或"情意"。就是说诗是诗人内心的感情冲动，并用语言表现出来了。诗中有感情，艺术形象才会有生命；感情强烈，艺术形象生命才会旺盛。诗中有感情，才会有读者的感情发生作用，使人读后受感动，受教育。读者在读诗时，同样要仔细体味诗人的感情，摸准其脉搏，抓住诗人爱憎的兴奋点，这样才能品评、欣赏出诗的高下水平与美学内涵。例如：乐府诗中名篇《陇头歌辞》：

> 陇头流水，流离山下。
> 念吾一身，飘然旷野。
>
> 朝发欣城，暮宿陇头。
> 寒不能语，舌卷入喉。
>
> 陇头流水，鸣声幽咽。
> 遥望秦川，心肝断绝。

这是北朝西行服役人翻越陇头分水岭时，瞻望前程，回首家园时吟唱的三首悲歌，充分表现了这些西行服役人的悲哀情感。第一首写服役人看到陇头东西分流的溪水奔泻而下，心头不禁涌起离散漂泊的情感。第二首写路途遥远，陇头夜寒，服役人内心悲凉凄苦。第三首写服役人听见陇头流水声幽咽，仿佛在低声哭泣，再回首秦川，肝肠寸断，无限悲伤。这三首小诗，见景抒情，有浓烈的感情色彩，感染力极强。梁启超在《中国韵文里头所表现的情感》中称《陇头歌辞》是"用极简单的语句，把极真的情感尽量表出"的诗。我们今天读这些歌辞，深为服役人深沉的感情所动，这就是感情的力量。

王勃的《送杜少府之任蜀州》也很能说明感情对艺术形象的影响作用：

> 城阙辅三秦，风烟望五津。
> 与君离别意，同是宦游人。
> 海内存知己，天涯若比邻。
> 无为在歧路，儿女共沾巾。

这是一首诉说离别情感的诗，但是感情充沛、基调豪迈。开篇就以博大的胸襟、壮阔的境界描述了诗人和杜少府分别的地点长安，和杜少府要去的蜀州。诗人紧接又叙述了同是背井离乡、在外求官之人的又一重别绪离愁，无限凄恻在心头。"海内存知己，天涯若比邻"两句，情调由凄恻转为豪迈，诗人表示了真正的知己，只要同在四海之内，即使天涯海角也情同近邻的超出流俗的浓烈感情。这两句志趣高洁、感情脱俗的名句，一千多年来，成了远离挚友共勉的豪言壮语。最后诗人叮嘱朋友，在即将分手的岔路口，不要如同多情儿女那样以泪沾巾。对朋友的这般叮咛，恰恰是诗人要抑制自己强烈感情的一种方法。仅仅四十字就一改以往离别诗中那种忧愁悲苦的基调，而淋漓尽致地抛洒出满腔的豪情，这在文学史上是极为罕见的。至今我们读来，仍受到诗人艺术形象的感染，这要归功于感情的巨大作用。

杜甫的《蜀相》一诗之所以被人们交口称誉，也是因为充沛的感情动人至深：

> 丞相祠堂何处寻？锦官城外柏森森。
> 映阶碧草自春色，隔叶黄鹂空好音。
> 三顾频烦天下计，两朝开济老臣心。
> 出师未捷身先死，长使英雄泪满襟。

这首诗是杜甫在安史之乱以后颠沛流离到成都后写的。因此，当他来到诸葛亮祠堂，缅怀诸葛亮的为人，以及他那"鞠躬尽瘁，死而后已"的精神时，不禁百感交集、泪流满襟。诗的前两句表面看是写景，一个"寻"字透出诗人对诸葛亮的敬仰、思慕之情。三四句，句句写景，却字字含情，其中："自春色"的"自"和"空好音"的"空"写出祠堂春景的美好，反衬出祠堂无人光顾的破败冷寂，更为深刻地表达出诗人对诸葛亮的怀念心情。五六句直抒胸臆地写出了诸葛亮一生的才德和功绩，暗含诗人对先人的钦羡之情。最后两句诗人以力透纸背、催人泪下的词语，表达了对诸葛亮之死的无限哀思和极度痛惜。全诗感情充沛，深挚悲凉，令人感动。正因为诗人的感情深切，苍凉悲壮，读者常被"出师未捷身先死，长使英雄泪满襟"的诗句所震撼，在产生共鸣之余，不免泪洒衣襟。

再看陆游的《示儿》诗：

> 死去元知万事空，但悲不见九州同。
> 王师北定中原日，家祭无忘告乃翁。

这首诗是诗人的绝笔，他以深深的激情为自己一生爱国的绝唱划了一个句号。诗中大意是，诗人知道，当他死后，万事皆休，但最痛心的就是未能亲眼目睹祖国的统一。因此，当大宋军队收复中原失地后，在举行家祭时，也不要忘记把这一消息告诉他。诗人写这首诗以遗嘱的形式，谆谆告诫自己的儿子，在死后也要知晓收复中原的消息，表现了诗人至死不忘祖国统一的爱国情感。从这首诗中，我们可以领会到诗人爱国激情是何等的执著、深沉、真挚、浓烈，凡读过这首诗的人，无不为之感动。数百年来，它以一种特殊的表现感情的形式，而深受广大读者喜爱。

爱国诗人文天祥以与陆游不同的艺术表现手法，在《金陵驿》（之一）中表现出坚强不屈的民族气节和始终不渝的爱国精神：

> 草合离宫转夕晖，孤云飘泊复何依？
> 山河风景原无异，城郭人民半已非。
> 满地芦花和我老，旧家燕子伴谁飞！
> 从今却别江南路，化作啼鹃带血归。

这首诗为诗人抗元失败被捕，由广州押赴燕京途经金陵时所作，表现他思恋故国的忧伤。前两句，他选取了"草"、"离宫"、"夕晖"、"孤云"、"飘泊"等极富感情色彩的词语，描绘出一幅荒凉、暗淡的国破家亡的惨景。一个"孤"字写尽了一个爱国者目睹这种情景后的沉痛心情。三四句，诗人今昔照应，以古喻今，连用了两个典故倾吐了自己内心强烈的亡国丧家之恨。

五六句化用刘禹锡的诗句深惋国家的不幸，寄寓着对已亡南宋的深切眷恋和无限怀念。最后两句，诗人用撕心裂肺的词语，表示自己愿死后化鹃啼血，也不忘故国的一片赤诚之心。这首诗读后令人深思冥想，主要原因在于诗人感情炽热深沉，情真意切，感发动人。

感情对于在诗中创造有生命的艺术形象至关重要，那些有感情的诗，艺术形象才会栩栩如生，跃然纸上，看感情的诗也才会使读者接受惊心动魄的艺术感染。读诗也要注情于其中，形成感情的汇通，读者的感情要和诗人的感情一同起伏变化，只有这样，才能得到欣赏诗的艺术享受。

第六节　诗的哲理，人生的真谛

纵览我国古代诗发展的历史长河，无论是以表现人思想为主的"言志"诗，还是偏重于表现人情感的"缘情"诗，都离不开"理"。它们虽不一定直接表现理，但寓理于其中。因为纯粹说理的诗，常失去诗歌的特点，必然味同嚼蜡，而一点理也不表露的诗则不足以醒世。另一方面，读者在鉴赏古代诗时，往往要从哲理方面进行联想，要得到人生的启迪，必然会赋予原诗句以新的哲理。于是古诗中那些说明生活经验和人生意义的诗句，在具有美学意义的同时，又具有了借鉴价值。

诗中的哲理，并不是勉强写进其中的，也没有主观地想强加于读者的企图，而是由于诗人写了许多自己的真实感受，其中包蕴了许多人生真谛。它成为诗的艺术的一部分时，就具有典型意义，人们在欣赏这些诗时就得到了感发的力量，就能激励自己去奋斗、去追求，逐渐走向人生的完美。

哲理与时代

人们对古代诗的阐释和欣赏，就其思考和想象而言，是不可能与古人创作时的思维轨迹完全吻合的，都带有再创造、再认识的性质，因而具有时代性。这并不意味着古诗的不可认识，也不说明可以对古诗的精髓随意曲解，恰恰说明在欣赏古诗时要古为今用，为我们社会主义现代化建设服务。

"他山之石，可以攻玉"。这两句富于哲理的诗句准确地说明这一道理。它取自《诗经》中《小雅·鹤鸣》一诗。说的是物质世界的现象，即其他山上的石头，可以被用来磨玉。诗人想通过这一现象表现什么思想感情，却仁者见仁，智者见智，不同时代的论诗者歧说不一。有"教诲说"、"治国说"、

"言理说"等等，不一而足。

汉代毛亨说《鹤鸣》是"诲宣王"之作，唐代孔颖达从儒家政治角度解诗，联想到借鉴异国经验治理自己的国家。南宋朱熹则从理学角度联想到对可憎的人，也应知其善而用其所长。南宋与朱熹齐名的程颐从道学的观点理解为，此句是以石喻小人，以玉喻君子，君子与小人中"磨砺"方可成就义理道德。不同一时代的人和同一时代的不同人，都从各自的角度，用不同的生活经验赋予这两句诗以各异的哲理意义。文学鉴赏是个再创造的过程，自然包含鉴赏者的主观成分。因而，不同时代的鉴赏者，赋予文学以不同的时代精神不足为奇。

现在，时代变了，人们针对"他山之石，可以攻玉"中所体现的事物间相辅相成的道理，赋予它新的时代意义。从小的方面来说，我们认为，人无完人，金无足赤，尺有所短，寸有所长，因此，提倡相互学习，取长补短。这两句诗的哲理意义在于，要学习别人的长处，接受别人的批评，以弥补自己的不足，改正自己的错误，要提高自己、丰富自己。从大的方面来说，我们正处于改革开放的时代，现代意识敦促人们要从世界的角度看问题。这两句诗的哲理意义又在于，学习、利用外国先进的经济技术管理等方面的经验，建设我们自己的国家。

我们进行文学鉴赏所遵循的原则，"古为今用"、"洋为中用"，从本质上说，也是取用了"他山之石，可以攻玉"的哲理。对于古典文学作品的优秀遗产，我们要努力继承，大加弘扬，为今天的精神文明建设和物质文明建设服务。对于外国文学经典作品，则要将它视为全人类的精神财富，取其精华，弃其糟粕，为我们中国人民的精神需要服务。

为了说明哲理的变化及时代性，再欣赏一些实例。

《诗经》中《大雅·旱麓》一诗第三章写道："鸢飞戾天，鱼跃于渊。恺弟君子，遐不作人。"

意思是说，鸢鸟飞上蓝天，鱼儿跃在深渊，善良的人鼓舞人们要各得其所。哲理在于鸢飞鱼跃各得其所。汉代人评论此诗有上下观察教化的意思，这已经改变了原诗的哲理。唐大历末年，荆州陟岵寺僧侣玄览将"鸢飞戾天，鱼跃于渊"两句诗演化为"大海从鱼跃，长空任鸟飞"。唐代段成式《酉阳杂俎》卷十二中记载了玄览题在竹子上的一首诗：

> 欲知吾道廓，不与物情违。
> 大海从鱼跃，长空任鸟飞。

玄览在这首诗里，以大海鱼跃、长空飞鸟来比喻佛家之"道"，佛法无边，其本身包含着深邃的哲理意味。后人引用他的诗却很少保留原诗中的哲理内容，而是赋予了更多更广的新的哲理内涵。在流传过程中，这两句诗又被改成："海阔凭鱼跃，天高任鸟飞"，但并不影响原意。由于原诗的意象为鉴赏者留下了广泛的再创造的余地，新的哲理意义也便自然产生。

人们从"鱼跃大海、鸟飞天空"悟出的哲理是广阔天地，自由自在，大有作为。

从"鸢飞戾天，鱼跃于渊"，到"大海从鱼跃，长空任鸟飞"，其内容与形式都有了一定的变化。而从"大海"到"海阔"，从"长空"到"天高"，乃至"天空海阔"则又经过一系列的推陈出新。这些诗人和作家根据自己时代的要求，从《诗经》开始的对婚姻状况的不满，到变为佛学哲理，进而推出自由自在、大有作为等新的、更为积极的哲理意义，这不能不说又有了时代的印迹。

诗中的哲理不仅随着时代的变迁而出新，也常常随着世情的变化而演化。

汉代无名氏《古诗》云："甘瓜抱苦蒂，美枣生荆棘。利傍有倚刀，贪人还自贼。"

这首古诗的意思是，甜瓜是从苦瓜蒂上长成的，总要连着苦蒂；甜枣是从枣树荆棘里长出的，同样连着荆棘；犹如"利"这个字，它边上有倚刀（"刂"），贪利者要为"刀"所伤。诗的本意是警戒贪人，因为好的东西往往同坏的东西纠缠在一起，利和害也是相互依存，因此，想得利，便有可能受害。

"甘瓜抱苦蒂，美枣生荆棘"原诗的哲理意义与老子《道德经》所言："祸兮福所倚，福兮祸所伏"，一脉相承。植物生长的这种甘苦对立统一现象和社会生活中祸福倚伏的利害对立统一，异曲同工。无名氏诗人正是抓住这二者哲理上的相似，警戒贪人的。后人断章取义，在不同的时代，进行不同形式的再创造，因此也就有了不同的哲理意义。

元代白朴《阳春雪·题情》（又名《喜春来》）云："从来好事天生俭，自古瓜儿苦后甜"。"瓜儿苦后甜"是只取"甘瓜抱苦蒂"中先苦后甜这一事理，再赋予其哲理意义。现代我们称那些经过艰苦奋斗而取得成功者，那些先穷困潦倒而后安乐幸福者，得以苦尽甘来，也有这种哲理。另一种哲理意义是说事物无完美无缺的。清代翟灏《通俗编》卷三十说："甘瓜苦蒂，天下物无全美也"。意思是说甜的瓜连着苦的蒂，有好的一面，也有坏的一面，事物有利有弊。说明对人、对事切不可求全责备。这种哲理的变化表明，原诗中对于人们行为的劝诫，已发展为对于客观事物的评论。

诗的哲理的上述这种转化、更新的现象，在我国历代文学创作和文学鉴

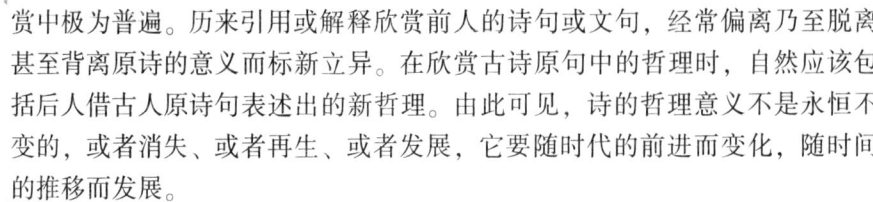

赏中极为普遍。历来引用或解释欣赏前人的诗句或文句，经常偏离乃至脱离甚至背离原诗的意义而标新立异。在欣赏古诗原句中的哲理时，自然应该包括后人借古人原诗句表述出的新哲理。由此可见，诗的哲理意义不是永恒不变的，或者消失、或者再生、或者发展，它要随时代的前进而变化，随时间的推移而发展。

哲理与写景诗

纵观中国古诗中的写景名句汗牛充栋，令人目不暇接。曹操北征乌桓时写下的《观沧海》一诗气势恢宏、意境深远，是写景的名篇。其中："日月之行，若出其中；星汉灿烂，若出其里"，是何等雄伟、壮阔。唐代诗人许浑在傍晚登楼远眺秦苑、汉宫，满目荒凉，心中生起今昔盛衰的感慨，写下《咸阳城东楼》一诗。诗中最为人称道的是"溪云初起日沉阁，山雨欲来风满楼"一联，云日风雨、景物风候之象格外清新。杜甫在漫游东岳泰山时，为其雄奇的气势所倾倒，写下千古传诵的名篇《望岳》。诗中最末两句："会当凌绝顶，一览众山小"，写由望岳悬想登临极顶俯视众山的情景，令后人望尘莫及。盛唐诗人王之涣的写景名诗《登鹳雀楼》："白日依山尽，黄河入海流。欲穷千里目，更上一层楼。"可说是家传户诵，脍炙人口，短短四句诗，仅仅二十个字，将登楼后美不胜收的景色写得有声有色，气势磅礴，尽收眼底。李白在由白帝城出川直下江陵时，乘船沿江而下，犹如乘奔御风，因而写下"两岸猿声啼不住，轻舟已过万重山"的抒写江行景色的情景交融的名句。这些写景名句，或因虚实相间、或因借景抒情，都有惊风雨、泣鬼神的魅力。

这些写景的名句之所以能震烁古今，除因为给人以感情的陶冶、美的享受以外，更重要的是给人以想象的空间，使人回味无穷，悬想不绝。正如清末学者谭献在《复堂词录序》所指出的："作者之用心未必然，而读者之用心何必不然"。读者在欣赏这些写景的诗句时，并不限于对原诗的体会和理解，还包含着欣赏过程中的再创造。而再创造的意境往往要超出作者所创造的境界。虽然上述这些诗句主要是写景抒情，并不直接表现抽象的人生哲理，可是读者在再创造过程中，常常赋予上述古诗以新的哲理。这种创造不仅为古诗带来了新的生命力，也使读者得到更高层次的享受，更深层次的教育。

曹操的写景佳作《观沧海》中"日月之行，若出其中；星汉灿烂，若出其里"的诗句，把大海塑造成一个包容宇宙的博大宏伟的艺术形象。红日似从海面跃出，明月犹如潜入海底，群星映辉其上，星移斗转其里，寥寥数语，写尽了浩瀚的沧海吞吐日月、释纳星辰的壮丽景色。作者用朴素的语言、白描的手法，抒发了自己吞吐万象、志在统一的博大胸襟。然而读者，尤其是近世的读者，都从中悟出某些人生的哲理。有时人们可以从日月星辰和大海的关系联想到个人和集体的关系，没有集体的存在，就没有个人的一切。有时可以从星汉之光和大海之亮联想到自己的成绩不能离开党和国家的培养。一句话，人们从中看到了个人的渺小，世界的伟大，在大千世界里看到了小我。

唐代诗人许浑《咸阳城东楼》诗，即景生情，似乎并未寄寓什么深刻的哲理。然而，"山雨欲来风满楼"一句，却时常被今人引用，以其令人警醒的哲理普遍流传。"山雨欲来风满楼"，是写城楼在山雨前有风来的景色。这种景象有其必然性，即雨前多半有风，风雨相随，在山区尤其如此。这种带有规律性的自然现象常被后人借以喻指在重大事件和社会变革发生前的预兆和紧张气氛。其实，该诗句在宋、元、明、清诸代，未见有谁在评论时提及什么哲理。只是到了当代，人们常用风云雷雨来表现阶级斗争和政治运动。"山雨欲来风满楼"因此也被自然而然地表现为阶级敌人在政治运动之前有某种新动向的代名词。当然随着时代的前进、社会的变迁，这种哲理内容也被改变得轻松自如了。它只是指某些事情发生前的必然征兆，并获得新的哲理意义。

杜甫《望岳》诗中，"会当凌绝顶，一览众山小"两句，是作者悬想登上泰山俯视众山的情景及登高俯视的感受。借写东岳泰山的气势以抒发自己的襟怀。然而近人引用"会当凌绝顶，一览众山小"两句诗，不是取原诗的意旨，而是把写景抒情转化借境明理。其寄寓的哲理是说，努力创造出某个领域的最好成绩，达到最高水平，处于领先地位。这里我们所要托喻的思想，主要是强调积极进取的精神，即强调"会当凌绝顶"，尤其是"会当"二字所表示出的"将然"语态和"决然"心意。"凌"字则是这句话的重心，是决心攀上高峰的心理表现。可用以自勉或勉励他人，要有不怕任何艰难险阻、勇于攀登的雄心壮志。"一览众山小"只是一种烘托，因我们提倡谦虚谨慎、戒骄戒躁的精神文明，自然不能将这句话作为重心。从事物的真理性来分析，也不能说登上泰山，即可达到最高峰巅了，可以貌视一切了。

屹立于黄河之滨的鹳雀楼是中国的名楼之一，虽然现已不存，但许多文人墨客描写它的雄伟壮观、俯视万里的气势，使它千古流传。王之涣的《登鹳雀楼》格外令人叫绝。其诗的耐人寻味之处，并不在于对仗的工整流利、雕琢至极而又归于自然，而在于其诗为读者提供了更为广阔的想象空间，使人能作出各种带有哲理性的联想，从而不断在欣赏的再创造中发掘出日日常新的思想。诗中"欲穷千里目，更上一层楼"两句意味无穷，越嚼越有滋味，有顿悟或豁然开朗的体会。两句中的"欲"、"更"两虚字，运用到画龙点睛的程度，不仅表现了登楼的感受，而且符合推理分析的逻辑，远望想登高，登高必远望，这是常人普遍的生活体验。而这"欲"、"更"二字，正是使人产生哲理联想的关目。人们从中要表达出某些人生哲理，常言道："站得高，才能看得远"，反之，要看得远，必须站得高。借助于登高临远的感受表现精神境界，格外生动。它告诉人们这样一个简单的哲理：要想在事业上视野开阔，必须在较高的起点上看问题，才能"百尺竿头，更进一步"。

有些写景抒情的名句，由于其中蕴含着可以产生联想的哲理因素，而变得面目全非。李白《早发白帝城》中"两岸猿声啼不住，轻舟已过万重山"的诗句，本无什么哲理的内涵，只是想借沿江直下时见到的景色，抒发自己的愉快心情。近人引用这两句诗来说明要克服重重困难勇往直前，就能达到自己目的的哲理。实际上引用者是在借用李白诗中的语言，来表达自己的意思。因为全句由实写景变为虚写景了。原句"两岸猿声啼不住"是实写诗人在江行中，耳畔不断传来长江两岸的猿鸣。在借用者手里，"两岸"和"猿声"皆成了比喻语，"两岸"喻指周围环境，"猿声"喻指对立面的咒骂等。这样整句诗由写实变为虚拟，所表达的意思就和原诗无关了。原句"轻舟已过万重山"，意谓江中轻舟，顺流而下，穿行于两岸的万山之间，其速飞快。经借用者的改造之后，"轻舟"被比喻成自己（主观）方面，"万重山"被喻为对立面（客观）方面。因此，"轻舟已过万重山"意指我方克服种种阻力障碍才能达到目的。这两句常被用来讽刺反动和保守势力的反对，并不能阻挡历史潮流的滚滚向前。

在古诗中，由写景诗演化出的哲理为数不少，在人们口头传颂的诗句中，几乎都或多或少地被人们赋予了新的哲理。抽象的哲理只有在写景的诗中，才被披上美丽的外衣，形象的思维只有融于哲理，才会更具魅力。

哲理与抒情诗

在中国古诗中，不仅写景诗与哲理难解姻缘，而且在抒情诗里也是司空见惯。因为在抒情中更能流露和暗含出哲理，只要被引用到行文之中，或读者仔细品味、揣摩数度之后就会发现理就寄寓在情中。如唐代元稹《离思五首》其四中的名句"曾经沧海难为水，除却巫山不是云"，是抒发爱情的名句。唐代李商隐的著名《无题》诗中，以"春蚕到死丝方尽，蜡炬成灰泪始干"，双关比喻，表现了男女双方誓死不渝的爱情。李商隐的另一首诗《乐游原》，以名句"夕阳无限好，只是近黄昏"，尽情抒发了黄昏时登古原时的感慨。宋代晏殊的《示张寺丞王校勘》诗，以写暮春景色，流露伤感的"无可奈何花落去，似曾相识燕归来"两句而著名。宋代另一诗人苏麟，有两句名诗，即"近水楼台先得月，向阳花木易为春"。它初看是写景，实为抒情，是因为自己受冷落而发的牢骚。这些抒情诗句被人们附以哲理，成为情与理俱佳的警世之语而得以流传。

元稹的诗句"曾经沧海难为水"，意思是说，在我这曾经历览过沧海的人的眼里，除了海水，别的水都难以为水。他以此来言情，向人剖白：您好比大海，我已将感情倾注于您，别的女人就像难于与大海比拟的水，不能使我动情。而下句"除却巫山不是云"，意思是说，除了巫山的云，别处的云都很难说是云。他又以巫山之云为喻，把男子所钟爱的女子比作巫山多情的神女。元稹写沧海之水、巫山之云，都是要表现具体的男女爱情，因此，这两句相连，便成了言情的名句。后人引元稹这两句诗来言理，喻指丰富的生活阅历，使之对平常的事物不以为然。元稹的原诗取喻的重心在"难为水"，表示只重视对方，而现代人喻理的重心则在"曾经沧海"，表示见多识广。因此，"曾经沧海难为水，除却巫山不是云"这两句诗，在现代则表现为，由于见过大世面而眼界很高，因而见一般事物便觉相形见绌，不屑一顾。这两句诗终因丰富的内涵，完成了由喻情到喻理的哲理化过程，并具有新的哲理意义。

李商隐的"春蚕到死丝方尽，蜡炬成灰泪始干"，用比喻的手法，入木三分地摹写了男女久别后的相思之苦。诗中"丝"与"思"谐音，语意双关，比喻贴切，用得奇巧。那绵绵的相思之情难有尽期，就像春蚕吐丝不断一般，直到死才得以了结。诗中的"泪"字也是一语双关。蜡炬即蜡烛，泪自然是烛泪，燃烛而烛泪流淌，点出别后彻夜相思之情，这泪当然又暗指人泪，比喻相思不得而垂泪。正是由于"丝"和"泪"这两个字用得巧，才造成了"蚕丝"和"烛泪"这两个意象的多义性，因而为读者留下联想的空间和再创造的余地，这两句诗才有了喻理的可能。后人在引用这联诗时，不仅限于表示对爱情的忠诚不渝，有时也常借以表示对自己所热爱事业的执著追求，以及高尚的献身精神，因而被赋予了某种新的哲理意味。意在形容一个人为人民鞠躬尽瘁，死而后已的高尚情操，以及崇高品德。原诗重心在"丝"，本意表示"思"。被赋予新意的哲理后，行文的重心则转移到"吐丝"中的"吐"字上，意在"作贡献"，即把一切都吐给人民、祖国和事业。原诗的另一重心"泪"，兼指相思之泪，被赋予新的哲理后，重心前移至"成灰"，意在牺牲自己，照亮别人，心甘情愿，即表现某种彻底的献身精神。直到今天，人们仍在不断地变换方式，将这两句诗分别使用，或将词单独抽出使用，但其哲理意义却是被不同程度地保留下来。

　　李商隐的另两句名诗："夕阳无限好，只是近黄昏"，平直浅白，其意是说古原夕阳下的美景如画，可惜黄昏已到，暮霭沉沉，不能久观。这联即景即情的诗句，常被人理解为是感叹暮年的人生，或感叹盛世的衰落，这虽未必一定合原意，但多少都包含了由于读者的联想和再创造而赋予的哲理。夕阳美景是人们在诗文中经常描绘的，但好景不长，所以人们常以此象征许多不能久留的兴盛景象。就是说后人读到此诗，已逐渐离开李商隐对美好时光叹惋的原意，或联想到对人生暮年的眷恋，或联想到对盛世衰颓的感慨，由于有了哲理而深化了原诗。现今有人赋予这两句诗以更为普遍的哲理意义，即说明一切事物虽然都表现出兴盛的美好景象，但它不是永存的，即好景不长、盛筵难再的意思。

　　晏殊的诗句"无可奈何花落去，似曾相识燕归来"，写的是自然界的景物。暮春时节，花期已尽自凋零，然而风和日暖，避寒远去的候鸟燕子自南来归。每年春季春花凋谢，候鸟来归，这是自然界的规律，也是人们生活中常见的现象。诗人往往通过这种自然景象创造出诗的意境、诗的情趣。"无可奈何花落去"是感叹春花落英缤纷。春花鲜艳美丽，富于生机，暮春花谢，为人所惋惜。诗人常在伤春的诗中写到落花，并使人联想到年华流逝、爱情消失，理想追求消逝等等，总之，使人联想到世间一切美好事物和美好生活的消逝。诗人在写落花时，又往往无法抗拒这种自然规律而表现出无可奈何的情绪。当然像晏殊这样直抒这种"无可奈何"情绪的诗人是不多见的。"无可奈何花落去"写的是实情，意在惜时，但又入情合理，感情强烈突出。后人常借此句来明理，常喻某种违背主观意愿的变故，使原诗具有了更多的哲理意味。"似曾相识燕归来"原写暮春景物，燕与人似曾相识而归回，并不含多少哲理意义。今天此句多用以比喻，指那些与自己所熟悉的人或事物、相类似的人物或事物的到来或出现，进而被比喻为某种旧有事物的重新出现。这句诗在人们的不断引用过程中，被寄托了新的哲理意义。

　　宋代诗人苏麟仅存"近水楼台先得月，向阳花木易为春"两句诗，却使他成为众所周知的诗人。原意是表示自己因未能升迁而发的牢骚。这联诗句是诗人试图向钱塘州守范仲淹说明，官兵因直属州府管辖，同州守较为接近而优先被举荐提升，他们犹如近水的楼台先得到月色，向阳的花木易为春色一样。言外之意是诉说自己是不属州府而受制于州府的外任小官，因与州府关系疏远而受到冷落。这里有借景抒情喻理的内涵。事后范仲淹接受了他的意见，也推荐了他。原诗所表达的感慨、情绪是真实的，但所说的道理却是相对的，因为先得月的未必一定是近水楼台，在冬天，即使向阳的花木也不易为春。"近水楼台先得月"与"向阳花木易为春"，所要表达的意思大体相同，后人常引用上句就足以表达所要说明的意思了，后又只摘半句，即"近水楼台"而隐去"先得月"三字，现在"近水楼台"已作为成语使用，广为流传。它所包含的哲理和所要说明的意思是，利用与某人或某机构亲近的关系，巧取某种利益或便利，或者批评那些为了照顾关系而给予他人以特殊利益和便利的人。在现实中，它有时用来批评那些利用自己较高的地位和手中的实权捞取别人所得不到的利益和便利的人，说他们是"近水楼台"。

古诗中的抒情诗，以情喻理、由情寓理、由情生理的诗句很多。不少已经离开了原诗的意思，是引用者的再创造，使抒情诗中一些语句有了哲理意蕴，或强化了哲理意味。正是抒情诗中原已深藏、或后人附会的哲理，使之具有了现实意义，并且表现出顽强的生命力。

哲理与意象

意象是指作者对作品中所写事物的空间形象、大小、颜色所进行的加工和描绘。意象是抽象的，和知觉形象不同。"意象"一词出自《周易》，"子曰：圣人立象以尽意"。王弼注："夫象者，书意者也"，也是指用"象"表示抽象的意义。古诗中有不少景物令读者联想、发挥、加工，成为种种意象。如白居易《赋得古原草送别》诗中名句："离离原上草，一岁一枯荣。野火烧不尽，春风吹又生。"王安石的《登飞来峰》诗中名句："不畏浮云遮望眼，只缘身在最高层。"郑燮《题画竹》中的诗句："新竹高于旧竹枝，全凭老干为扶持"。清代龚自珍在总题为《己亥杂诗》第五首中的名句："落红不是无情物，化作春泥更护花。"等等。这些古诗中的意象，所描写的景物多为实在而具体的形象，因而高于感性。随着时间的推移，经过历代读者的改造，这些意象变得愈来愈虚化而趋于抽象，因而显得高于理性。因为意象由个别到一般的转化，使之更具普遍性，它就表现出多方面的哲理意义。

"野火烧不尽，春风吹又生"，原诗是写古原野草一枯一荣的规律。秋天野草枯黄，遇到野火遍地燃烧，化为灰烬，然而深埋地下的草根到了春天，又以顽强的生命力发芽生长。诗写的就是这种大自然常见的现象。作者白居易以古原野草的枯荣转换，暗示聚散离合是常有的事，春草成了烘托、寄寓离情别绪的一种意象。这两句诗正是利用芳草这一象征离别的意象，来表达送别友人的真挚情感。现今读者从这两句诗中，由构成意象的物理特征引发各种联想，于再创造中寄寓哲理。他们或者比喻革命力量是扼杀不了的，终究要取得胜利；或者比喻新生事物是不可摧残的，总会得到发展；或者比喻爱情是无法压抑的，时时从心头萌发等等。总之，凡客观上或主观上无法压

抑而又必然在适当条件下得以发生发展的事物或感情，都可借用这两句诗加以表现或表达。这就是诗中的意象，经过读者的再创造产生出的哲理意味。值得指出的是，草树荣枯生死的意象，使诗中的哲理性得到延伸。因为诗中所写的仅仅是一种新陈代谢的规律，而且是一种不可转移的规律。人们借用这两句诗，所要表现的哲理，恰恰是由草树反复荣枯的意象，及其规律的不可转移性中派生出来的。

"不畏浮云遮望眼，只缘身在最高层"两句诗，是说作者王安石在塔上看日出，不仅看得早，而且看得清，不怕被浮云遮住视线，因为已站在高出云天的最高层，诗的用意在于说明"见日升"，是在"最高层"。"浮云"作为古诗的意象，历来被诗人广泛运用，而且日趋定形。在这两句诗中，王安石不是按传统的意象来使用这个词的，他是指明作者有所不见的障碍物。可是人们读过这两句诗时，总要以传统的意象加以想象、发挥。"浮云"的传统意象常有两个意义，一指游子、二指奸邪。曹丕的《杂诗》"西北有浮云"是以西北浮云比喻游子，浮云被风吹向东南，犹如游子漂泊他乡。李白《送友人》一诗中"浮云游子意"正是取这一意象的。这一意义的意象与"不畏浮云遮望眼"无甚关系，不会引起读者这方面的联想。李白《登金陵凤凰台》中"总为浮云能蔽日，长安不见使人愁"的诗句，就是利用"浮云"的这一意义的意象。王安石的诗句"不畏浮云遮望眼"，最容易使人产生奸邪蔽贤这一意象的联想。尽管原诗中"浮云"未必取奸邪这一意象入诗寓意，读者完全有权在再创造过程中，按"浮云"的传统意象，赋予小人弄权、豺狼横行等新的哲理意义。于是"不畏浮云遮望眼，只缘身在最高层"两句诗又有了之所以不怕艰难险阻，是因为有崇高的理想和高度的革命精神等意思。有时用这联诗的前一句"不畏浮云遮望眼"来说明识破敌人的诡计和伪装。从这个意义上去理解它的哲理性，是把注意力引到"浮云"喻指奸邪这个传统的意象上来的精神，而后人则往往借助于"浮云"的传统意象，赋予它具有政治色彩的哲理，成为古为今用的范例。

龚自珍的诗"落红不是无情物，化作春泥更护花"，表示自己辞官家居如同成为"落花"，但是仍然眷恋着国家的事业，要"更护花"。"落红"这一意象，在古代诗词里，无论是表情或是表意，其倾向多半是消极的。但是龚自珍却能以他积极的处世态度，把"落红"（落花）这个意象写成寓于积极性的意象。唐崔涂诗云："水流花谢两无情，送尽东风过楚城"，落花这一意象因是无情之物，而表现出消极倾向。而龚自珍却反其意，说"落红不是无情物"，"落红"这一意象有了积极可取之处。南宋陆游《卜算子·咏梅》云："零落成泥碾作尘，只有香如故"，以落花成泥的余香自喻孤芳自赏的品德。龚自珍则用"化作春泥更护花"来寄托自己关心国家事业的思想。后来，但凡受挫折或牺牲而有美德节操者，多以"落花"这一意象能散香为喻；但凡受挫折或牺牲而造福或有功于后代者，多以"落花"这一意象化泥育花为喻，都有积极意义，只是角度不同而已。渐渐地，"落花"这一意象便产生了多种哲理性。龚自珍诗中的哲理是以"落红"这一意象喻指自己失意辞官，拟以另一种方式报效国家。今人可仿照他的角度取喻，指老人离退休后，继续为国家作贡献，但是引用者寥寥无几，因为"落红"有"褪色"之嫌，于是成了贬词，这就和原来具有积极倾向的意象不统一了。而将"落红"这一意象作为革命前辈的比喻语，倒颇为贴切。他们在政治上表现了"红"的本质，牺牲后成为"落红"顺理成章，他们留给后人的革命事业或精神财富，却浇灌并护育着革命的后来人及后辈的革命事业。"落红"这一意象在新的时代和新的借用者手里，表现出愈来愈积极的意义。

意象是古诗中的一种特殊的景物，它虽然是抽象的，但是它通过读者的想象，变得富有哲理，而这种哲理却又往往是不断丰富、变化着的，形成新的哲理，令后人永远嗟叹不已。

哲理与移情

在古诗中，对某些事物的描写，并不一定完全合乎科学的真，也未必需要符合科学的理，因为艺术和科学的思维方式不同，前者以形象为主，后者以抽象为主，因此，诗中的某些事物的感知觉，往往是诗人感情的推移。诗人的感情通过所描绘的事物反映出来，这就造成这些感知觉往往不合科学的真和理，可是它却蕴含着某种哲理，被人们借用。广言之，移情也指有些读者将自己的感情移入某些作品中，并从中悟出某些哲理。这类情况很多，也是人们在欣赏古诗中常见到的。

苏轼《惠崇春江晓景》诗云："竹外桃花三两枝，春江水暖鸭先知"。这两句诗是题宋初"九僧"之一惠崇的《春江晓景》图诗，是传诵之作。妙在借题画表现出万物复苏的一派生机。艺术的真实总是带有主观感情色彩，初春时节，冰溶水暖，鸭戏春水，这是常见的春景，诗人推己及物，以为鸭先于自己而知水暖，这是无可厚非的，也合乎艺术创作的规律。作者在景物描写上染上主观感情色彩，使鸭的感知觉带有写诗人的感情色彩，这是诗人感情移动的结果。因此人们往往以艺术的情理去喻说人生的哲理。本来是表现春意盎然的抒情名诗："竹外桃花三两枝，春江水暖鸭先知"，却被今人借以说明某种人生哲理。其哲理在于，不深入生活实际，就不能及时体察到事物

的发展变化，就难发现新生事物的萌芽。这两句诗描写了诗人的移情，而读者又通过这种移情，悟出某些合乎生活逻辑的人生哲理。鸭被比作认识的主体，春水被比作认识的客体。鸭游于春水才体验到江水由寒转暖的变化，转化成人深入生活才能认识事物变化的比喻。

宋代诗人杨万里的《小池》一诗中的名句"小荷才露尖尖角，早有蜻蜓立上头"，描写了小池塘中荷叶刚刚露出水面时的清新美丽景色。其艺术表现手法，与上述苏轼的诗异曲同工：一写春景，一写夏景，一个春江水暖，游鸭先知，一个夏荷含苞，蜻蜓早晓，不仅都捉住富于典型性的景物来描写，而且也都在景物描写上倾注了主观感情色彩。杨万里的诗中，蜻蜓的感知觉表现了诗人的感情，这是他感情移到诗中的结果。现今，人们把"小荷才露尖尖角，早有蜻蜓立上头"这两句表现夏日风光的抒情诗句，用来表示新的哲理意义。它常被借来比喻新生事物一出现，就被目光敏锐者发现。而"小荷才露尖尖角"也常说明人的某些特长、优点、才华刚刚显露等。这两句诗之所以有如此大的生命力，是因为诗人移情的结果，它使读者认识了某些哲理，产生了感情上的共鸣。

南宋朱熹《观书有感》诗，以"问渠那得清如许，为有源头活水来"的名句为世人皆知。原意以设问的形式说，请问池水怎能如此清澈澄明？答曰：因为有清泉活水自源头而来。作者移情寓理，以水之清比镜之明，以镜之明喻事之理，因活水汩汩而来溯其源，又以溯源而喻读书要穷理。原诗虽因移情而有哲理，但仍为今人留下更为宽广的联想余地，被读者赋予更多的哲理意义。水清可以使人联想到真理和精辟的见解，源活可以使人联想到实践或研究问题。现在常用来比喻只有不断地从生活中吸取营养，才能写出富有活力的动人心弦的好作品，也用来比喻人的思想只有不断地吐故纳新才能保持旺盛的活力等等。移情可以使原来的哲理诗附会出新的哲理意义。

陆游《游山西村》一诗中有名句"山重水复疑无路，柳暗花明又一村"。这两句明写在山村中徐行的写景抒情诗句，内里却隐露出忧时愤世的情绪。作者的移情，和后人的感受是不同的。人们从这描写山川行路经验的诗句中，看到了与人生经历的相似之处，因而赋予它深刻而广泛的哲理。人们在认识世界和改造世界的过程中，凡经过艰苦努力而达到客观上绝处逢生境地的，都用这两句诗来说明。小到做一道数学题，大到探索人生道路，摸索某种经验，凡是由塞而通、豁然开朗的处境、感觉等，都可用"山重水复疑无路，柳暗花明又一村"来喻指和说明。人们又将诗中之景所感发的情，转移为新的情，并赋予哲理，它因常给失望的人以希望，深受人们喜爱，并以"柳暗花明"的成语警世。

宋代诗人林升在墙壁上写的绝句《题临安邸》一诗中的名句："山外青山楼外楼，西湖歌舞几时休?"寄寓着作者的忧国之思，也隐含着对南宋小朝廷苟安的讽喻之意。这首无意阐发人生哲理的诗，就因读者的移情而具有哲理意义。尤其是首句："山外青山楼外楼"包含着从不同层次看问题的哲理。唐人早就用类似"山外青山"这一景象来论诗了，司空图就主张论诗要透过景象，领略景象之外的意理，所谓"韵外之致"、"味外之旨"，也是同一道理。"山外青山"和"楼外楼"，不仅使人的视界产生由近而远的移动，而且也使人的感情随之波动，这种移情给人的启示在于，揭示了由低层次向高层次发展是无止境的，上了一层，固然高于以往，但是上面还有更高的层次。"山外青山楼外楼"常用于层次上的互相比较，其中双象合景，重复启示，都诱发了移情和联想的力量，从而形成一种合力，产生较好的审美效果。现在这句诗意在劝诫不要骄傲自满，不能故步自封，应当看到更高的境界。到目前为止，表示同一境界不同层次哲理的诗句，似乎未见比"山外青山楼外楼"更合适的了。

古诗中，诗人常以自己的感情去体味所描写事物的感知，或读者自己将自己的感情移入作品之中，使有些诗句由于移情而被赋予了新的哲理。这使哲理中溶入了情的因素，使诗的艺术在形象中有了抽象，在抽象中有了形象，情感中有了理性，理性中有了情感。诗的韵味更绵长了。

二　域外诗歌掠美

在世界文学史上，诗歌所占的比例也很大，成就斐然。无论是哪一个国家和地区的诗歌都和中国一样，表现出一种特殊的美的旋律和美的韵味。只是由于文字和表现方法的差异，才使得我国读者在欣赏域外诗歌时不如欣赏我国诗歌那样直截了当，那样一览无余。但是，正如钱钟书先生所言："东海西海，心理攸同，南学北学，道术未裂"，诗歌所表现的人的感情，所反映的人生经验，无论在世界哪一个角落，只要有人类存在，就都是相通的。这也是文学即人学的通解。由于篇幅所限，对于域外的诗歌，只能重点介绍与评析，探索其中美的奥秘。

❋ 第一节　优美的域外汉诗词

中国的诗词，自唐、五代以来，广为流传，波及海外。不少的域外文人学士克服了文字隔阂的困难，或奋笔按律写诗，或动手依声填词，都斐然成章，与中国古典诗词不相上下。

朝鲜的汉诗词

古代朝鲜人很早就已开始以汉文写诗了。自唐朝以后，灿烂的唐代诗歌和宋代的词对深受汉文化熏陶的朝鲜文人学者产生了很大影响。其中的佼佼者是崔致远和李齐贤。

崔致远（875—?）擅长以汉诗抒情、叙事、写景、咏物，在当时中国文人中就已享有盛名。他的汉文诗对朝鲜文学影响很大，一直被朝鲜历代学者尊为汉文文学的鼻祖。

例如他在唐朝求学时写下的抒情诗《秋夜雨中》：

> 秋风唯苦吟，世路少知音。
> 窗外三更雨，灯前万里心。

这首诗写出了诗人在异国他乡，怀念故土的心情。诗人在中国虽已有不少朋友，但是当他在凄风苦雨之夜，闭门苦读时，深感自己周围没有同胞的孤独与寂寞，和没有人能深刻体会到他思念远方祖国的苦闷。最后两句，窗外三更雨还未停，青灯孤影之下诗人想到的是万里之外的祖国。这里也包含了他为国而努力苦读的志向。

诗人回国以后，在金海附近的黄山江岸边绝壁垒石成台，命名为临镜台，并写诗一首：

> 烟峦簇簇水溶溶，镜里人家对碧峰。
> 何处孤帆饱风去，瞥然飞鸟去无踪。

这是一首描写朝鲜自然风光的诗。烟雾笼罩着山峦，江水溶溶，坐在临镜台上面对碧峰，山清水秀，怡然自得。远眺孤舟满风帆向远驶去，飞鸟眨眼即逝，来去无踪影。前两句诗写静态的景，后两句写动态的景。孤帆的行驶是缓慢的，飞鸟的迅飞是极快的。这种快与慢的动态反差，更加衬托出景色的绮丽、静谧。全诗描写清新、淡然、无藻饰，恰似一幅青山绿水、远近相间、动静和谐的山水画。

李齐贤（1288—1369）是朝鲜古代和崔致远齐名的大诗人。他长期留居中国，和元代的姚燧、张养浩等名士有交往，并写了不少汉文诗词。他是朝鲜文学史上第一位重要的词人，也是把词正式引入朝鲜诗坛的诗人。其词写景极工，笔锋灵活，词风豪壮。如《江城子·七夕冒雨到九店》：

> 银河秋畔鹊桥仙，每年年，好因缘。倦客胡为，此日却离筵。千里故乡今更远，肠正断，眼望穿。　　夜寒茅店不成眠，一灯前，雨声边。寄语天刊，新巧欲谁传。懒拙只宜闲处著，寻旧路，卧林泉。

这首词是诗人七夕冒雨到山东省蓬莱县西九里的九店时所作，表达了诗人身居异域的乡愁和思念祖国之情。诗人由中国神话中七月初七牛郎织女一年一度鹊桥相会的故事，联想到千里之外的故乡家园，好似比天河两岸的牛郎织女相隔还远，诗人柔肠寸断，望眼欲穿，无心酒筵，借景抒情。下阕续写思乡之苦。诗人住在小店中彻夜难眠，感到寒意。灯下听秋雨声，想要传话给织女，也不知谁能传递，心中怅然，只好想着日后归处。词的意境苍凉，耐人寻味。又如《巫山一段云·北山烟雨》：

> 万壑烟光动，千林雨气通。五冠西畔九龙东，水墨古屏风。　　岩树浓凝翠，溪花乱泛红。断虹残照有无中，一鸟没长空。

这首词是《巫山一段云·松都八景》之一。诗人描写了祖国高丽都城——开京的秀丽景色，总共八首词，描写了八处地方，"北山烟雨"是一景。开篇即写北山地区山林景色。群山万壑，层林千树，尽被笼罩在烟雾细雨之中，隐隐约约，烟气流动。五冠山的西畔，九龙的东面，景色犹如一面水墨画的古屏风。岩山上的松树浓绿如凝翠，溪水中泛起红色的散乱落花。在夕阳的映照下，彩虹半隐半现，横跨长空；一只鸟儿展翅飞入晚霞满天的空中。诗人为人们描绘了一幅有山有水、红绿相间、动静结合、浓淡相宜的诗中画。

日本的汉诗词

自公元4世纪左右，中国汉文典籍开始传入日本以后，日本文人学士努力学习中国文学，使用汉文撰写诗文。8世纪以后，汉诗文的结集不断出现。著名汉诗词作者，如大友皇子被称为日本汉诗之祖，嵯峨天皇被称为日本填词之祖等，使得唐代的诗词开始在日本广为流传，并形成影响。

阿倍仲麻吕（697—770）于717年到中国时，年仅20岁。他起汉名晁衡，与很多中国诗人成为挚友，死时为唐朝的封疆大吏，官位二品。公元734年，他以双亲年老为由，乞请东归日本，唐玄宗未准，阿倍仲麻吕怆然感慨，写了有名的汉诗《归国定何年》：

> 慕义空名在，输忠孝不全。
> 根思无有日，归国定何年。

在诗中表达了诗人思念祖国亲人的伤感。诗人感到忠孝不能两全，报效皇帝赏识之恩，不知何时才能到期，因此，归国探亲更不知在何年何月了。诗中表达了诗人的矛盾心理。

日本填词开始于嵯峨天皇，他于弘仁十四年（公元823年）写下《和张志和渔歌子》五首词，成为日本词学开山鼻祖，距张志和原作仅仅49年。当时词这种新兴诗体以全新的面目流传日本，而嵯峨天皇居然很快予以模拟，可见他那种与先进文化结缘的新人气派。其中之一写道：

> 寒江春晓片云晴，两岸花飞夜更明。鲈鱼脍，莼菜羹，餐罢酣歌带月行。

诗人并不只是仿效原作的形式，而是深入到原作的精髓中去，创造了一种高雅、淡泊的意境，使人为之倾倒。他寄情于景，以词入画。全篇只有27个字，既写了"寒江春晓"、"两岸花飞"的秀丽景色，也写了"鲈鱼脍"、

"莼菜羹"、"餐罢醋歌"的怡然自得。诗人为了表达自己的心情，还用"片云晴"、"夜更明"、"带月行"三个描写天空景色的词，与自己由于内心的愉快，而在食饱酒酣之后，边唱边行夜路的情景融为一体，充满了山林闲适的野趣，洋溢着清新、自然的气息。

越南的汉诗词

早在汉代，越南就有以汉语文辞入仕中国的文人了。唐代以后，越南来中国求学的人更多了。汉语诗歌也越来越受到重视。写汉诗的人很多，其中不少诗作颇多"感时寓物"的情感。如陈元旦（1325～1390）的两首汉诗：

题玄天观

白日升天易，致君尧舜难。

尘埃六十载，回首愧黄冠。

夜归舟中作

万国民生沸鼎鱼，朔燕东汴已邱墟。

归舟未稳江湖梦，分取渔灯照古书。

这两首诗充满了忧国忧民的思绪。诗人觉得致君尧舜比升天还难，深感自己 60 年都未能完成"致君尧舜"的远大抱负。面对广大人民如沸鼎中鱼一般遭受煎熬的痛苦现实，以及"朔燕东汴已邱墟"的严酷历史事实，他犹如在梦境里一样。他虽然想为国为民分忧，又苦于找不到出路，只好采取"分取渔灯照古书"的消极态度。实际上诗人的内心是很矛盾的，他企图以隐居、不问世事的态度逃避现实，又觉得愧对"黄冠"。这种进退维谷的处境，使诗人的情感格外真挚动人，诗的格调忧愤、感伤、悲壮。

越南填词大家为白毫子（1819—1870），即阮绵审，因其眉间有白毫而自号。有词集《鼓松词》问世，传入中国，其得中国文人喜爱。

阿拉伯的汉诗词

元代时中国和阿拉伯人来往密切，文化交流也很多。在中国颇负盛名的散曲作家张可久，是元散曲作家中传世著作最多者，平生足迹曾遍及湘、赣、闽、皖、苏、浙等省，影响很广。阿拉伯人大食惟寅曾对张可久钦佩不已，写小令一首赞之。〔燕引雏〕《奉寄小山先辈》：

气横秋，心驰八表快神游。

词林谁出先生右？

独占鳌头。

诗成神鬼愁，笔落龙蛇走，才展山川秀。

声传南国，名播中州。

诗人在这首小令中毫不掩饰自己对张可久的钦羡之情。开篇就以"气横秋"三个字来形容张可久的意气之盛。继而描写他的精神境界的高迈与神游八方的旷达。诗人又称赞张可久的作品在当时词坛首屈一指，无出其上者。他的作品可使神鬼发愁，下笔自如似龙蛇腾挪，才气可展现山川秀丽。最后两句："声传南国，名播中州"，是说张可久的名声很大，传遍南北，进一步点出诗人对张可久的赞誉。这首小令的意义不仅在于阿拉伯作家有以汉文写小令者，而且说明中国作家作品的影响已波及域外。

波斯的汉诗词

波斯现称伊朗。唐代波斯诗人李珣、李舜弦兄妹都有诗才。《全唐诗》中收有其兄妹的作品。其父为波斯富商李苏沙，定居中国后赐姓李。李珣现存词 54 首，词风清新、明丽。例如：《南乡子》：

乘彩舫，过莲塘，棹歌惊起睡鸳鸯。游女带香偎伴笑，争窈窕，竞折团荷遮晚照。

这是一首描写江南水乡少女泛舟荷塘游乐的小词。词中洋溢着浓郁的江南水乡气息。词一开篇，就以诗情画意取胜，无声的诗变成了有声有色的画面：一群少女乘坐彩船，在荷塘中逶迤穿行，色彩鲜明。下句又为这意境配上了声响，在清脆、嘹亮的棹歌声中，对对贪睡的鸳鸯被惊起。这三句非常富于南国水乡的特色。后三句词中的主人公出场了，船上的少女沾满了荷花的香气，互相依偎在一起，发出了出自心底的天真无邪、无忧无虑的笑声，她们争着表现自己，竞先抢折圆圆的荷叶，以遮挡那落日的余晖。一"争"、一"竞"两字，把这些在嬉闹、玩耍中的少女们的婀娜多姿以及爱美的心理写得活灵活现。诗人的手笔在唐代词坛堪称上乘。

蒙古的汉语诗词

蒙古人以汉语诗词问世的史实，鲜为人知。但在元代，蒙古人阿鲁威却以词家著称。他有小令十九首存世，较著名的是〔折桂令〕《咏史》：

问人间谁是英雄？有酾酒临江，横槊曹公，紫盖黄旗，多应借得，赤壁东风。更惊起南阳卧龙，便成名八阵图中。鼎足三分，一分西蜀，一分江东。

这是一首歌颂三国人物的创业精神，气概昂扬的小令。开篇破一般咏史类诗歌的惯例，以"人间谁是英雄"设问，紧接着诗人将历史三分天下的英雄、曹操、周瑜、诸葛亮，分开来写。诗人认为英雄当首推破荆州、下江陵，在战船上，"酾酒临江，横槊赋诗"的曹操，他一派英雄儒雅，令人敬服。接下三句，写东吴有天子之气，因此，能够借得东风，火烧赤壁，大败曹兵。再接下两句，歌颂诸葛亮的业绩。卧龙惊起，即指诸葛亮出山，他推演兵法，以八阵图威震敌胆而成名。因此成三足鼎立之势。全诗有气势，有胆识，表现了诗人赞成乱世出英雄的开创气魄，可以看出诗人内心的伟大抱负和英雄气概。

这些国家诗人的诗词作品，完全可以和中国诗人比美。在欣赏其艺术美时，应该注意到他们为文化交流所起的作用，以及古代文人互相学习，促进文学发展的历史意义。

第二节 欧美诗歌的百花苑

域外诗歌就文化传统和文学史的传统区分，要分为欧美诗歌和亚非诗歌。这两种诗歌是镶嵌在不同文化背景上的宝石，因此，发出不同的吸引人的异彩。这两种诗歌在给人以审美快感和生活信息时，欧美诗歌表露情感更为直观、更为强烈些。当然这只是就总体而言，具体到每位诗人，他可能因为创作个性的关系而写出不同风格的诗歌。

浅析英国诗歌

英国诗歌比较发达，这和英语的广泛使用不无关系。从文艺复兴时期的莎士比亚（1564 1616）开始，英国诗歌在欧美诗坛上始终占有不容忽视的地位。请看莎士比亚著名的《冬之歌》：

当一条条冰柱檐前悬吊，
汤姆把木块向屋内搬送，
牧童狄克呵着他的指爪，
挤来的牛乳凝结了一桶，
刺骨的寒风，泥泞的路途，
大眼睛的鸱枭夜夜高呼：

哆呵！哆呵！哆呵！
它歌唱着欢喜，
当油垢的琼转她的锅子。
当怒号的北风漫天吹响，
咳嗽打断了牧师的箴言。
鸟雀们在雪地里缩着颈项，
玛利恩冻得红肿了鼻尖，
炙烤的螃蟹在锅内吱喳，
大眼睛的鸱枭夜夜喧哗：
哆呵！哆呵！哆呵！
它歌唱着欢喜，
当油垢的琼转她的锅子。

　　这首诗虽然没有直接说生活环境的寒冷与许多方面的令人不快，甚至连寒冷、不快一类的词也未出现，但是它却把16世纪英国农村凋敝、萧条的冬季生活描绘出来。诗中写的是一系列不足以入诗的琐事，但能使人在想象中体会到冬天单调乏味的农村生活。牧羊人向手指尖哈气取暖，牛奶冻结在桶里，屋檐下悬吊着冰柱，听牧师讲道的人因天凉在咳嗽，鸟雀在雪地里缩着脖子，女仆的鼻尖冻得红肿，诗人以这些事实烘托了冬天的寒冷。而在这些普通的、死气沉沉的生活里，经常听见悲伤、震撼人心、令人悚惧的猫头鹰叫，读者在这些并不美好的事物中，却发现了艺术形象本质上的美，它恰如其分地表明这样的生活再不能继续下去了，鸣响了封建主义的丧钟。

　　英国19世纪中期著名诗人勃朗宁（1812—1889）的爱情诗《夜幽会》曾经赢得了多少痴情男女的激动：

海水幽暗，陆地昏黑，
淡黄弯月低垂，
涟漪从梦中突然惊觉，
闪烁着耀眼的光辉，
我驾小舟入山凹，
慢慢拢岸泥沙堆。
一片沙滩，海风送暖，
过园田三垄见农场，
窗上轻敲，火柴忙擦，
出现一缕蓝光；

亦惊亦喜，相对话语低，
两颗心跳动声更响！

这是一首描写男子偷偷去和恋人幽会的诗，表现了男主人公的欢乐。这首诗告诉读者恋爱是一种甜蜜的、令人兴奋的体验。一个人恋爱时感到什么都变得美好了，他的恋人似乎变成了世界上最重要的东西，他为了这可以不顾一切。诗人在诗中并没有把这些告诉人们，但是却极其细腻地描述了整个夜幽会的过程，通过主人公的印象、感觉，不仅使读者仿佛看见了幽暗的海水、低垂的弯月，听到了涟漪水声、划船的桨声，而且使读者分享主人公急切期待的心情与幽会前的激动。诗中的每一行都蕴含着某种意象，其中有诉诸感觉的：昏黑的大地，被船惊觉的水波在淡黄色的月光下闪烁着耀眼的光辉，擦燃的火柴发出的蓝色光焰等等，它不只是使人感觉到一种形象的美，而且还有颜色、动态加强这种感觉。其他还有诉诸听觉的：小舟的船头慢慢、但也是轻轻地抵触到泥沙堆上，轻轻敲击窗子，迅速地擦燃火柴，恋人的相对低语，甚至他们心脏的跳动等等。在这些听觉中，人们进入意境，体会到一种寻求诗人这种经验的内心愉悦。这是一种自足、永恒的欢乐。

俄国诗歌选析

俄国19世纪前后的浪漫主义诗歌是丰产的，许多诗歌不仅在俄国文学史，而且在世界文学史上都占有一定的地位。诗人在俄国是备受尊敬的，因为他们给了人民以力量和同情心。著名诗人普希金（1799—1837）在年仅19岁时，写下政治抒情诗《致恰阿达耶夫》：

爱情、希望、平静的光荣，
并不能长久地把我们欺诳，
就是青春的欢乐，
也已经像梦、像朝雾一样地消亡；
但我们的内心还燃烧着愿望，
在残暴的政权的重压之下，
我们正怀着焦急的心情
在倾听祖国的召唤。
我们忍受着期待的折磨
等待那神圣的自由时光，
正像一个年青的恋人
在等待那真诚的约会一样。

现在我们的内心还燃烧着自由之火，

现在我们为了荣誉献身的心还没有死亡，

我的朋友，我们要把我们心灵的

美好的激情，都呈献给我们的祖邦！

同志，相信吧：迷人的幸福的星辰

就要上升，射出光芒，

俄罗斯要从睡梦中苏醒，

在专制暴政的废墟上，

将会写上我们的姓名的字样！

这首诗表达了普希金炽热的爱国情操，它大胆号召人们起来推翻俄国沙皇的专制统治，并对自由解放抱有坚定的信念。诗赠的对象恰阿达耶夫是普希金的好友，他是杰出的思想家和进步贵族知识分子的优秀代表，对普希金影响极为深刻。开篇四行，是诗人对自己过去生活的回顾与反思。诗人现在认识到，追求谈情说爱、渴望文学荣誉、平凡中的荣耀，并不能永远蒙住人们的眼睛，即使是青春的欢乐也已经像梦和朝雾一样消失了。面对残酷严峻的社会现实，诗人做出新的抉择，要摆脱恬静舒适的生活，不再受沙皇统治者的蒙蔽，反映了诗人的觉醒与转变。诗的第五行到第十二行，主要描述了包括诗人在内的、渴望自由解放、渴望拯救祖国的战士们，面对沙皇的残暴统治，内心燃起自由之火，焦急地期待着祖国的召唤，推翻沙皇暴政。他们企盼那自由的时光，如同恋人期待约会一样。这个比喻十分贴切、生动地表达了他们乐观、自信、激动的心情。接下四行，诗人进一步抒发了自己渴望自由的情绪，甚至鼓舞朋友们为了自由幸福、为了祖国的繁荣昌盛，趁现在自由的火焰还在燃烧，为荣誉而献身的高尚心灵仍在跳动的时候，把一切献给可爱的祖国。最后五行，诗人把恰阿达耶夫和其他自由战士称为祖国自由事业中志同道合的"同志"。鼓励他们要坚信"幸福的星辰"就要升起，即革命的胜利即将到来。"俄罗斯要从睡梦中苏醒"则暗示了祖国人民即将摆脱愚昧和落后，走向自由与繁荣。在这场斗争中，沙皇专政成了废墟，但是不可避免地，包括诗人在内的一些自由战士可能已献出了自己的宝贵生命。但诗人以此为自豪，因为人民会记住他们，把他们的名字铭刻在心中的纪念碑上。这首充满激情的诗篇表现了诗人高尚的革命情操，也反映了自由战士的心声，传遍了整个俄罗斯。

叶赛宁（1895—1925）是一位"才华横溢的农民诗人"。他在短短的30年的生命中，留下近10部诗集，大多讴歌俄罗斯大自然的美丽，或哀叹俄国农村的贫穷落后。由于选材角度和语言技巧都有独到之处，因而，诗歌产生了极强的艺术效果。他早年写的《乞丐》一诗，强烈地表达了对贫富悬殊现象的巨大愤慨。全诗如下：

> 在一所深宅大院的窗下有个小女孩在哭泣，
> 住宅里欢笑不断，个个珠光宝气脑满肠肥，
> 小女孩哭着，身子在肃杀的秋风中冷得发抖，
> 她的冻僵的小手不停地抹擦脸上的泪水。
> 她满脸泪痕，只祈求一块吃剩的干面包，
> 屈辱和不安使她的声音变得弱小，
> 这声音压不倒住宅里淫荡的欢笑，
> 小姑娘仍呆立着，在快乐的调笑声中哭号。

这首小诗像一幅墨浓彩重的写实画，以强烈的对比震撼着人们的心灵。窗外是满脸泪痕的小女孩呆立在"肃杀的秋风中冷得发抖"，她冻僵的小手不停地抹擦着脸上的泪水，她只想祈求一块吃剩的干面包，她的哭声已变得微弱衰竭……深宅大院的屋内，老爷、太太们个个"珠光宝气"、"脑满肠肥"，并不断迸发出"淫荡的欢笑"。全诗的最后一句，形成一幅对立的情景：小姑娘呆立着哭号，阔人们在快乐地调笑。这如同杜甫的名诗句"朱门酒肉臭，路有冻死骨"一样，深刻地揭示出贫富悬殊、阶级对立的现实。小女孩的悲惨遭遇使人联想到安徒生的《卖火柴的小女孩》，只是诗中的小女孩更令人同情，她不仅连一根火柴也没有，而且她连希望、憧憬的机会和可能也没有，她的命运是可想而知的。

美国诗歌浅析

美国文学直至19世纪中期才逐渐成熟起来。在早期的浪漫主义文学中，诗歌占有重要地位。不少早期的美国诗人竭力想抛弃英国诗歌传统的束缚，创立具有民族特色的新诗，在内容上也力求排除英国的影响，而表现强烈的时代精神和自我情感。较著名的有惠特曼（1819—1892）和艾米莉·狄更森（1830—1866）。

惠特曼是美国19世纪最杰出的诗人和美国新兴资产阶级的热情歌手。他用毕生心血写成的《草叶集》是美国文学乃至世界文学史中的瑰宝，闪烁着迷人的光彩。他那奔放不羁的诗句开创了一代诗风，并以启迪人思想的内容在世界进步人民中间传诵。例如《如果我能有选择自由》：

如果我能有选择自由，可与伟大诗人媲美，可绘出他们的雄伟、优美人物，可随意学荷马，像他那样刻画战争与勇士——海克特、阿基里斯，埃杰克斯，学莎士比亚，像他那样创造遭遇不幸的哈姆莱特、李尔、奥赛罗——学丁尼生那样歌颂美女，用最好的节奏与词句，最好的意境与完美的脚韵——这都是歌手们所向往的；

啊，大海，我想用这一切和你做交易；

只要你能教给我你用什么技巧使一条波浪翻滚，或者你能在我诗上噗地喷上一口气，

把气的芳香留在那里。

这是一首自由体诗，它以无定数的和不成韵律的诗行，表达了诗人自己选择自由的愿望。诗人觉得如果能有选择自由，同样可以学会在自己的诗中系统地活灵活现地刻画自然与人物的艺术手法，并有信心与荷马、莎士比亚、丁尼生等大诗人比美。最后四句，诗人以丰富的想象和比喻夸张的手法，表示为了能使自己的诗有海浪气息的芳香，愿意用这一切和大海做交易，曲折地表现了诗人为了使诗反映现实，而愿抛弃一切传统的决心。

狄更森的诗《什么快船也不如书卷》以奇特的比喻，表达了自己对于书卷的酷爱：

> 什么快船也不如书卷
> 载送我们游异国，
> 任何骏马都不能赶过
> 活跃的诗篇一页。
> 书卷领导穷苦人行旅，
> 不用交纳过路捐，
> 载荷精神食粮的车子，
> 可以说最不费钱。

诗中运用了比喻，使人展开浪漫式的联想。诗人为了说明一本书或一首诗对于读者的重要意义，把人们从眼前的环境中诱入一个想象的世界，精选了一些能诱发人浪漫幻想的名词为喻词。诗人指出无论怎样能探险的快船，也不如书籍能使人神游异国；无论怎样快捷俊美的马儿，也不如诗篇能带给人活跃、优美的快感；书籍引导穷人远行而不用交纳捐税；书籍就如同能在地上和空中飞驰的车子，无论运载多少精神食粮给读者，也不用费钱。只有几句的短诗，不仅把读者带入知识的世界，而且表明诗人自己酷爱读书，表

現了她的知识渊博的修养。

德国和匈牙利诗歌浅析

德国人民素有严谨的逻辑思维，但也不乏以浪漫主义诗歌闻名的大诗人，歌德（1749—1832）即是其中最杰出的一位。他仅有短短八行的《漫游者的夜歌》一诗，被公认为是歌德诗中最著名的。全诗浑然天成，意境高远：

> 一切峰顶的上空
> 静寂，
> 一切的树梢中
> 你几乎觉察不到
> 一些声气；
> 鸟儿们静默在林里。
> 且等候，你也快要
> 去休息。

诗人以极朴素无华的诗句铸成绝唱，表现了他对这种平静、安宁环境的一种向往。诗人登上一座高高的山峰峰顶，举目四望，外物的静谧和自己寻觅平静的心理融为一体。诗人是从上而下、从远而近、从外而内地描写了静寂，而且程度逐渐减弱。站在峰顶的诗人感到上空既高且远，一片寂静。树梢不像顶峰那样高，与人比较接近，但也不是静到几乎觉察不到声气，连小鸟仿佛都静默地躲在树丛里，难以让人觉察。最后两句，诗人自己才开始出现在诗里，他在等候着，渴望能在如此安静的环境里得到休息，隐含着一种淡淡的哀愁和伤感。小诗超凡脱俗，给人以一种陶冶性情、净化心灵的美。

短诗成为名篇是不容易的，匈牙利诗人裴多菲（1823—1849）的《自由与爱情》（1847）也是一首只有四句的短小精悍的不朽之作。诗中写道：

> 生命诚可贵，
> 爱情价更高；
> 若为自由故，
> 二者皆可抛。

诗人在这首讴歌自由的炽热颂歌里，向人们敞开了轩昂的襟怀，掬出一片丹心。在诗人心目中，生命是宝贵的，爱情是无价的，自由更是高尚的，这三者都使他倾心。为了爱情诗人宁愿牺牲宝贵的生命，而为了自由，他宁肯抛弃爱情，诗人把自由看得何等重要啊！早在 1844 年写成的《生与死》一诗中，诗人就明确表示："生，为了爱情和美酒；死，为了祖国而牺牲"。只有 21 岁的诗人就已经把个人幸福与祖国命运联系在一起了。随着诗人对革命的认识，对祖国的痴情，他的爱情诗与他的政治诗融为一体。在与倾心相爱的姑娘结婚的 1847 年，他还在诗中表示："斗争是我一生中/最好的思想，心为了自由/而流血的斗争！" 1848 年，他在《告别》一诗中作出了自由与爱情之间的选择："别了，我的美丽的、年青的爱人……我的生命！……为了祖国，为了你……" "我才走上血战的战场"。裴多菲虽然已将他拥有的爱情视为生命的宝藏，但是，他深深懂得，世上还有较之爱情更加高贵而不可估价的珍宝，那就是他梦寐以求的自由！这首言简意赅的小诗，歌颂爱情，但又不局限于爱情，不仅表示了诗人对忠贞爱情的至诚，而且表现了他把祖国和人民利益置于一切之上的崇高精神境界。这篇杰作不仅在匈牙利人民中间有口皆碑，而且在世界人民心中也是一首心灵不离自由的绝唱。

第三节　亚非诗歌万紫千红

亚非诗歌由于语言的隔阂，在中国读者中的反响不及欧美诗歌大，但是亚非人民由于具有和中国人民相通或相同的历史命运，写下的不少妩媚柔美的诗歌，很宜于中国人阅读和欣赏，其中所蕴含的美的旋律，很容易和中国人民合拍。因此，亚非诗歌也格外受到读者的垂青。

幽美的日本诗歌

《万叶集》是日本最早的抒情歌集。至今人们远眺富士灵峰，漫步樱花曲径，仍能体味到《万叶集》中，万叶歌人（即诗人）那种雄浑、优雅的意境，得到一种古典美的享受。《万叶集》中的《别妻歌》是著名的诗歌之一：

石见海啊，津农岸，
人说这儿没海湾，人说这儿没浅滩，
好吧，就算它没海湾，
好吧，就算它没浅滩，
行行来到津农岸。
早风推浪去，晚风推浪还。
青青海藻波中摇，波来波去乱石间。

妹子柔情浑似藻，摇曳不离我身边。

我今独上路，遗妹守孤单。

一路行来八十弯，千遍万遍回头看。

山儿步步高，路儿步步远。

妹子憔悴夏草枯，呆呆伫立在门前。

青山啊，你苦苦遮我目，

快快倒下变平川！

这首诗的作者是柿本人麻吕（约662—约706）。他在诗中写出了韵调悲壮、凄怆的别妻之情。身为专业的宫廷诗人，柿本人麻吕从家乡的石见海进京，临行之际，他告别妻子，写下这首酷似民歌的作品，抒发了他的情感，自然质朴、真切动人。诗人驰骋自己丰富的想象力，把家乡石见海的美丽风情和住在那里的爱妻巧妙地融合在一起。大海一望无际，海浪轻轻地拍打着岸边，海藻荡漾在岩石缝间，一个轻柔、一个坚定，如同娇美的妻子依恋在强壮的丈夫身旁。诗人用朝风夕浪吹打岸边海藻的美丽情景来比喻、象征、表现他们夫妻间缠绵恩爱的深情，既形象，又亲切动人。而海藻漂浮在海水之中那种上下起伏的情景，恰似他告别娇妻，独自上路时，夫妻二人的激动心情。旅途漫漫，道路弯弯，他思念妻子的心绪促使他不时地回首远望，一步一回头，热泪盈眶。山路越行越高，越走越远，娇妻呆立门旁，她的身影依稀可辨。瞬间，他仿佛觉得，由于他的远行，妻子容颜憔悴得如同枯萎的夏草一样。最后，诗人以浪漫抒情的笔调，把自己挥泪告别妻子的心理淋漓尽致地描述出来，他恨那障目的青山，使他不能再看看自家的门，他恨不能让青山变为一马平川，好让自己再多看一眼自己的妻子。这种夫妻间难分难舍的柔情，在诗人笔下被写得惟妙惟肖，令人神往。这首《别妻歌》至今仍是日本人民喜爱的名篇，道理恐怕就在这里。

日本的俳句可能是世界上最短的诗，它只有十七个音。正因它短小，蕴涵的内容少，故不易写好。日本从古至今写俳句者职业各异、地位不等，为数众多，然而真正成为俳句诗人的却寥若晨星。早期被称为"俳圣"的松尾芭蕉（1644—1694）是日本俳坛几百年才出现一位的俳句大家。下面欣赏他的三首俳句（每两句一首）：

古池塘，青蛙入水发清响。

新叶滴翠，何当以拭尊师泪。

碧海狂涛，银汉横垂佐渡岛。

这三首俳句，在日本，凡是懂些俳句的人都能背诵，主要因其意境之深而影响很大。第一首俳句，表现一泓古潭，一片寂静，正处于这种十分孤寂氛围中的作者，忽然听到青蛙跳入水中的声响，为之所动，继而，四周又慢慢恢复了万籁俱寂的情景。在长久的静中，偶然出现了动，然后又是长久的静。这是作者在特殊境界中的真切感受，它流露出以静和定为基调的一缕淡淡的禅味，似乎又让人领悟静中有动的哲理，颇能代表芭蕉俳句的特点，是他的代表作。第二首俳句前有如下序言："招提寺鉴真和尚来朝之时，船中经受七十余度艰险，盐风入目，终至失明。瞻仰遗像，赋此。"芭蕉于 1687 年游历奈良唐招提寺，拜谒开山堂，瞻仰鉴真大师的干漆塑像，缅怀先哲为中日文化交流做出的非凡贡献，不禁心潮起伏。昏暗之中，他仿佛看到鉴真大师失明的双目中浮漾着泪水，一股钦慕之情油然而生，于是想用春季的滴翠的嫩叶为大师拭干历经艰险的象征——眼泪！这种感受和心理是多么真挚啊。如果没有作者的提示，读者是很难想象到这些的，这也是有些俳句费解的原因。写作第三首俳句时，作者正在旅途之中，遥望远处矗立在日本海中的佐渡岛及其上空的云翳，不禁追忆起昔日曾有不少仁人志士和所谓的罪人，被流放到岛上，心中泛起怀古之幽情，仿佛从碧海狂涛中感受到那些人的不平之声，抒发了作者的情感。

动人的埃及、伊朗诗歌

赞颂尼罗河历来是埃及文学的重要主题之一。古代埃及就不乏这方面的名篇，公元前 13 世纪就有《尼罗河颂》问世。到了现代，歌颂尼罗河的颂歌更是层出不穷，在阿拉伯世界极享盛名的埃及现代杰出的诗人邵基（1869—1932）也写了著名的《尼罗河》：

> 她永远奔流不息，
> 乍一看——却像凝然不动。
> 一望无边的河水倾泻奔流，
> 是如此雄浑，又如此安详；
> 可是只要稍微激怒，
> 汹涌的水流便泡沫飞溅，
> 带着雄狮般的怒吼，
> 掀起惊涛巨浪。
> 多甜蜜的希望，
> 她是玉液琼浆，对我们无比珍贵。

像龙涎香一样，

她的两岸碧波荡漾，四季芬芳。

尽管她泥沙浑浊，

却使世界上最美丽的江河黯然失色，

神圣、浩瀚的尼罗河啊，

是我们永恒的母亲！

　　自古以来，埃及人民对尼罗河就充满了热爱与崇敬之情。因为是尼罗河使两岸土地肥沃，宜于耕种，正是这种开发和农耕技术的发展，养育了古代埃及灿烂辉煌的文化艺术，尼罗河是埃及文明的摇篮。邵基以满腔的爱国热情铸成美好的词句、织成绚丽的诗章。他在诗中不仅尽情讴歌了自古以来哺育着埃及人民的神圣的尼罗河，而且把尼罗河比作祖国和人民。它的"雄浑"和"安详"象征了埃及人民的伟大与善良；它的"激怒"与"怒吼"则象征了埃及人民反抗奴役和压迫的力量。它的"玉液琼浆"对人民来讲"无比珍贵"，又像"龙涎香"一样使两岸"四际芬芳"，泽及万代。正像伟大的母亲哺育了历代的埃及人民。诗人也看到了它"泥沙浑浊"的现象，但仍觉得它是世界上最美丽的江河，因为尼罗河"是我们永恒的母亲"。诗人在诗里倾注了对饱经踩躏的伟大祖国的无限深情，读后仿佛能触摸到诗人那颗火热的赤子之心。

　　伊朗自古代即有"诗国"的赞誉，出现了不少的大诗人，萨迪即是其中之一。萨迪（1208—1292）是中古伊朗（即波斯）的伟大诗人，他的代表作《蔷薇园》自问世之后，不胫而走，人们争先传抄刻印，一时洛阳纸贵。诗人把自己对波斯人民永恒的爱化作笔下一座姹紫嫣红的"蔷薇园"，使生机勃勃的春色永驻人间。在《蔷薇园》第八卷里，诗人以富有睿智与颇具哲理性的格言、箴言、俗语、谚语等，对人们进行了谆谆教诲，至今仍有现实意义。例如：

无论你腹中有多少知识，

假如不用便是一无所知。

牲口虽然驮着无数经卷，

也算不得聪明饱学的圣贤；

驴子虽然驮着重重的口袋，

哪知道里面是书还是木柴？

　　这里讲的是有了学问，如果不肯实践，那是徒劳无功。诗人连用两个比喻说明这一道理：牲口驮着经卷，并不是圣贤；驴子驮着口袋，不知里面是

何物。又如：

> 学者若不能择善而行，
> 便如盲人手持火炬；
> 他能引导别人，
> 不能引导自己。

诗人告诫学者既要学会做学问，也要学会做人，否则的话，不能引导自己前进。再如：

> 怜悯恶人便是亏负好人，
> 宽容恶霸便是欺压平民。
> 若对坏人宽容，便是和他串通。

诗人以鲜明的爱憎情感、明确的是非观念，指出了应该如何对待坏人坏事，这其中包含了作者对人民深深的爱，表现出一位伟大的人道主义诗人深沉的内心世界。

波斯及至近现代的伊朗，有不少大诗人都写出过哲理诗。人们通过对这些哲理诗的诵读，体味出不少人生哲理与社会经验，深受启发，倍感亲切。

中外名人诗词集萃

中国的诗歌历来受到世界的关注，精炼的语言、优美的意境是其标志性特征；西方的诗歌同样的耀眼夺目，我们可以从数量浩大的诗作中发现许多不朽的传世之作。中西的诗歌在体式、内容、结构等诸多方面存在不同之处，但也不难发现它们之间存在着千丝万缕的内在联系。

一 唐诗集萃

虞世南

蝉

垂緌饮清露①，流响出疏桐②。居高声自远，非是藉秋风。

虞世南　（558—638）字伯施，越州余姚（今属浙江）人。唐诗人，凌烟阁二十四功臣之一。生逢陈、隋、唐三代，在唐为弘文馆学士，官至秘书监，赐爵永兴县子。能文辞，工书法。《全唐诗》存诗一卷。

【注解】
①緌：冠缨。蝉头部伸出的触须好像下垂的冠缨，所以说"垂緌"。
②疏桐：疏朗的梧桐。

【赏析】
这是一首借咏物自表高洁品格的诗，是唐人咏蝉诗中最早的一首，很为后世称道。首二句写蝉，"清露"言洁，"疏桐"言清高挺拔，"流响"状蝉声的响度与力度。三四句是点睛之笔，借蝉抒怀，言立身高洁者，不必凭借他人，自能名声远闻。这是作者对内在品格自我价值的充分肯定和自信。

王 绩

野 望

东皋薄暮望①，徙倚欲何依②。树树皆秋色③，山山唯落晖。牧人驱犊返，猎马带禽归。相顾无相识，长歌怀采薇④。

王绩　（585—644）字无功，自号东皋子，绛州龙门（今山西省河津县）人。在隋官秘书省正字。唐初一度待诏门下省，不久弃官归隐。诗风朴质清新，流畅自然，洗六朝浮华，开有唐风气之先者，当数王绩一人，堪称唐代山水田园诗派的先驱。

【注解】
①东皋：今山西省河津县，作者隐居于此，自号"东皋子"。皋：水边地。
②徙倚：徘徊，彷徨。
③秋色：憔悴枯黄之色。

④**采薇**：薇，野豌豆，嫩茎、叶可食。殷朝灭亡后，伯夷、叔齐隐居首阳山，采薇而食（见《史记·伯夷列传》）。这里借用典故，表示避世隐居之意。

【赏析】

王绩，被称为"唐代第一位诗人"，这是他诗中最为人传颂的一首。前四句描绘秋天薄暮的景色，后四句描绘牧人归家，充满了田园风情，牧歌色彩。通过景色的转换，反映了诗人隐逸中矛盾悬浮的心境。这首诗美在朴素无华。

卢照邻

长安古意

长安大道连狭斜①，青牛白马七香车。玉辇纵横过主第②，金鞭络绎向侯家。龙衔宝盖承朝日，凤吐流苏带晚霞③。百丈游丝争绕树，一群娇鸟共啼花。啼花戏蝶千门侧，碧树银台万种色。复道交窗作合欢④，双阙连甍垂凤翼⑤。梁家画阁中天起⑥，汉帝金茎云外直。楼前相望不相知，陌上相逢讵相识？借问吹箫向紫烟，曾经学舞度芳年。得成比目何辞死，愿作鸳鸯不羡仙。比目鸳鸯真可羡，双去双来君不见？生憎帐额绣孤鸾，好取门帘帖双燕。双燕双飞绕画梁，罗帷翠被郁金香。片片行云著蝉鬓，纤纤初月上鸦黄。鸦黄粉白车中出，含娇含态情非一。妖童宝马铁连钱⑦，娼妇盘龙金屈膝⑧。御史府中乌夜啼，廷尉门前雀欲栖。隐隐朱城临玉道，遥遥翠幰没金堤⑨。挟弹飞鹰杜陵北⑩，探丸借客渭桥西⑪。俱邀侠客芙蓉剑，共宿娼家桃李蹊。娼家日暮紫罗裙，清歌一啭口氛氲⑫。北堂夜夜人如月⑬，南陌朝朝骑似云。南陌北堂连北里，五剧三条控三市⑭。弱柳青槐拂地垂，佳气红尘暗天起。汉代金吾千骑来⑮，翡翠屠苏鹦鹉杯⑯。罗襦宝带为君解，燕歌赵舞为君开。别有豪华称将相，转日回天不相让，意气由来排灌夫⑰，专权判不容萧相⑱。专权意气本豪雄，青虬紫燕坐春风⑲。自言歌舞长千载，自谓骄奢凌五公⑳。节候风光不相待，桑田碧海须臾改。昔时金阶白玉堂，即今惟见青松在。寂寂寥寥扬子居㉑，年年岁岁一床书。独有南山桂花发㉒，飞来飞去袭人裾。

卢照邻 （生卒年不详）字升之，自号幽忧子，幽州范阳（今北京市）人。曾任新教尉，一生不得志。后为风痹症所困，投颍水而死。与王勃、杨炯、骆宾王并称"初唐四杰"。他的诗以歌行体为最佳，有《卢照邻集》，《全唐诗》存诗两卷。

【注解】

①**狭斜**：狭窄的小巷。

②**玉辇**：本指皇帝所用之车，这里泛指贵人所乘之车。主第：公主的府第。

③**龙衔宝盖、凤吐流苏**：指华贵车子的装饰品。

④**复道**：即阁道，宫苑中通车辇的多条通道。**合欢**：指花窗做成合欢的图案。

⑤**双阙**：阙，宫门前的望楼。汉未央宫有东阙、北阙，故称"双阙"。

⑥**梁家**：东汉顺帝时外戚梁冀，他曾在洛阳大兴土木，穷治第宅。这里借指长安的豪门。

⑦**妖童**：泛指市井间的轻薄少年。**铁连钱**：指马身上斑驳的毛色。

⑧**盘龙**：钗名。**屈膝**：门窗的合页。

⑨**幰**（xiǎn）：车的帷幔。

⑩**挟弹飞鹰**：指打猎。

⑪**探丸借客**：意指游侠杀人报仇。

⑫**氤氲**：指歌伎唱时散发的口脂香。

⑬**北堂**：泛指宫廷附近的繁华地带。

⑭**剧**：多条交错的道路。**三条**：三面相通的大道。五、三并非实数。

⑮**金吾**：执金吾，汉禁卫军军官名。**千骑来**：形容结队而来的人之多。

⑯**翡翠**：形容酒的颜色。**屠苏**：酒名。

⑰**排灌夫**：指权贵们意气相争，互相排挤。灌夫：武帝时人，被田蚡陷害。

⑱**判不容**：决不容。**萧相**：汉元帝时宰相萧望之，为权贵排挤，饮鸩自尽。

⑲**青虬、紫燕**：皆为骏马名。

⑳**五公**：汉代著名的五权贵。古代官僚中最高一级称公。

㉑**扬子**：指西汉时的著名学者、文学家扬雄，在长安时仕宦不得意，借指自己。

㉒**南山桂花**：寓避世隐身之意。

【赏析】

这是一首借描写汉京人物批判唐都现实的诗篇。诗人以多姿多彩的笔触勾勒了京城长安的全貌。从繁华景象的渲染中，大胆揭露了统治集团的横暴、侈靡以及他们的互相倾轧。全诗清词丽句，委婉顿挫，韵味深厚而不流于浮艳，是初唐长篇歌行中有代表性的力作。

骆宾王

在狱咏蝉

西陆蝉声唱①，南冠客思侵②。那堪玄鬓影③，来对白头吟④。露重飞难进，风多响易沉。无人信高洁，谁为表予心？

骆宾王（约640—684后），婺州义乌（今浙江义乌）人，出身寒门，七岁能诗，有"神童"之称。曾任临海丞。后随徐敬业起兵反对武则天，作《讨武曌檄》，兵败后下落不明。与王勃等以诗文齐名，尤擅七言歌行，风格豪放，笔力雄健。为"初唐四杰"之一。

【注解】

①**西陆**：指秋天。

②**南冠**：楚国的帽子，这里是囚犯的代称。

③玄鬓：指蝉。

④白头吟：语意双关，其一表忧思极深；其二因《白头吟》为古乐府曲名，曲调哀怨。

【赏析】

这首诗是骆宾王任侍御史时，因上书纵议天下大事，得罪了武则天，蒙冤下狱后所作。诗作因蝉起兴，借蝉自喻，抒发自己遭谗被诬的愤郁之情。首二句起兴，三四五六句物我相连，以蝉的艰难喻自己受到巨大束缚。末二句蝉与诗人浑然一体，只有蝉能为我高唱，也只有我能为蝉长吟，满腔愤懑溢于言表。

苏味道

正月十五日夜

火树银花合，星桥铁锁开。暗尘随马去，明月逐人来。游妓皆秾李①，行歌尽落梅②。金吾不禁夜③，玉漏莫相催④。

苏味道　（648—705），赵州栾城（今河北栾城）人。乾封进士，后居相位。因依附张易之兄弟，中宗时贬为眉州刺史。少时与李峤以文辞齐名，号"苏李"。《全唐诗》存诗一卷。

【注解】

①秾李：用桃花李花的秾艳形容妇女容颜服饰之美。

②落梅：古曲调名。

③金吾：京城里的禁卫军。

④玉漏：漏，古代的滴水计时器；玉是形容质料的精致华美。

【赏析】

这是一首描写京城长安元宵之夜的诗作。首联概括节日奇丽的夜景和众多的游人，三至六句状写美妙的节日风光，尾联以人们对元宵之夜的无限留恋结束。全诗格律精切，笔致流畅，色彩浓艳而格调清新，历来为人所称道。

王 勃

滕王阁诗①

滕王高阁临江渚，佩玉鸣鸾罢歌舞。画栋朝飞南浦云，珠帘暮卷西山雨。闲云潭影日悠悠，物换星移几度秋。阁中帝子今何在②？槛外长江空自流。

王勃　（约650—676）字子安，绛州龙门（今山西省河津县）人。六岁能文辞，17岁为官，曾任虢州参军。后往南海探父，溺水受惊而死。与杨炯、卢照邻、骆宾王齐名，并称"初唐四杰"。其诗偏于描写个人生活，亦有少数抒政治感慨，风格较为清新，对流行当时的浮艳文风有所突破。

【注解】

①滕王阁：故址在今江西南昌，滕王李元婴为洪州都督时所建。

②帝子：指滕王李元婴，他是唐高祖之子。

【赏析】

诗人作此诗之际，正是他人生最不得意之时，诗人慨叹昔时此阁曾是江山盛景的点缀，而今岁月变迁使得江山也寂寞了。由此联想到人生短暂，时不我待。基调虽有些抑郁，但毫不消沉。末联以对偶句作结，很有特色。

送杜少府之任蜀川①

城阙辅三秦②，风烟望五津③。与君离别意，同是宦游人④。海内存知己⑤，天涯若比邻。无为在歧路⑥，儿女共沾巾。

【注解】

①少府：唐人对县尉的称谓。杜少府，名不详。之任：赴任。

②城阙：指长安。辅，护卫。三秦，现陕西一带地区，古为秦国，项羽灭秦后，分其为雍、塞、翟三国，故称三秦。

③风烟：指自然景色。五津：四川境内岷江上的五个渡口，这里借指杜少府所去的蜀州。

④宦游：为了做官远游在外。

⑤海内：四海之内，指国内。比邻，近邻。

⑥无为：不要。歧路：岔路，指分手之处。

【赏析】

这是王勃供职长安时所作的著名的送别诗。诗意慰勉友人不要在离别之时悲哀。首联以工整的"地名对"写送别的地点和行者杜少府将宦游之地，极有气势。颔联抒写离别时的深情厚谊。颈联由眼前离别转写别后，奇峰突起，表现了真挚牢固的友情。尾联语壮情沉，别具一格。全诗笔力矫健，开合顿挫，意境旷达。"海内存知己，天涯若比邻。"堪称千古名句。

杨 炯

从军行

烽火照西京①，心中自不平。牙璋辞凤阙②，铁骑绕龙城③。雪暗凋旗画④，风多杂鼓声。宁为百夫长⑤，胜作一书生。

杨炯 （650—692），华阴（今陕西华阴县）人。唐诗人，与王勃、卢照邻、骆宾王齐名，并称"初唐四杰"。幼有文名，显庆四年（659）举神童，授校书郎。官终盈川令。杨诗绝大部分是五律，其诗才气宏放，语言精丽严整，其边塞诗颇有气势。有《杨盈川集》。

【注解】

①烽火：古代边境上一种报警的信号。

②牙璋：调兵的符信，分两块，调动军队时用作凭证。**凤阙**：帝王宫阙的概称。

③铁骑：精壮的骑兵。**龙城**：匈奴名城，这里借指敌方要地。

④凋：脱色，失掉鲜明色彩。**旗画**：军旗上的彩画。

⑤百夫长：古代军中低级军官，指挥百人。

【赏析】

这首诗描写一个士子投笔从戎，在边塞作战的情景。诗篇虽然写从军征战，但却不作悲凉之语，而是以高昂的情调、绮丽的词采，表现年轻人渴望投笔从戎，抗敌御侮，以建功立业的壮志。此诗语言遒劲，雄浑刚健。在内容和形式上都有大胆的开拓和创新。

宋之问

度大庾岭①

度岭方辞国②，停轺一望家③。魂随南翥鸟④，泪尽北枝花⑤。山雨初含霁，江云欲变霞。但今归有日，不敢恨长沙⑥。

宋之问 （656—712）字延清，名少连，汾州（今山西省汾阳县）人。上元进士，武后时入选宫廷学士。曾先后谄事张易之和太平公主被贬为泷州（广东罗定）参军。睿宗时贬钦州，玄宗初赐死。诗与沈佺期齐名，文辞华靡。尤善写五言排律，对律诗体制的定型颇有影响。

【注解】

①大庾岭：五岭之一，在今江西省大庾县。

②辞国：离开京城。

③轺：轻便的车马。

④翥：飞。

⑤北枝花：大庾岭上的梅，向北枝条上的花。

⑥恨长沙：《史记·屈原贾生列传》有"乃以贾生为长沙王太傅。贾生既辞往行，闻长沙潮湿，自以寿不得长，又以谪去，意不自得。"

【赏析】

这是一首表现遭迁谪的愁怨又渴望回归的诗作。诗人南流泷州途中因物感发，曲吐迁谪失意的愁怨。末联以含蓄深婉的语言，表达盼回乡的渴望。全诗韵律谨严，对仗工稳，是五律的典范诗作。

沈佺期

独不见

卢家少妇郁金堂①，海燕双栖玳瑁梁②。九月寒砧催木叶③，十年征戍忆辽阳④。白狼河北音书断，丹凤城南秋夜长⑤。谁为含愁独不见，更教明月照流黄⑥。

沈佺期 （约656—714）字云卿，相州内黄（今属河南省）人。上元进士，官至太子少詹事。曾因贪污及谄附张易之，被流放佺州。诗与宋之问齐名，有《沈佺期集》诗三卷。律体谨严精密，对律诗定型有贡献。

【注解】

①郁金堂：以郁金香浸酒和泥涂壁的堂屋。

②海燕：燕的一种，产于南方滨海地区，春季北飞，于室内营巢。玳瑁梁：以玳瑁为饰的屋梁。

③砧：捣衣用的垫石。

④辽阳：唐时为东北边防要地。

⑤丹凤城：这里指长安。

⑥更教：一作"使妾"。照：一作"对"。流黄：黄紫相间的丝织品，这里指帷帐，一说指所捣的衣裳。

【赏析】

这是一首少妇苦思征戍丈夫不归的抒情诗篇。以海燕双栖起兴，从环境气氛的渲染中表现思妇孤独的心情。首联以重彩浓墨夸张地描绘女主人公闺房之美。"寒砧催木叶"造句奇警。十年征戍而"音书断"，写忧虑担心之深。尾联思妇含愁独处，空对明月。诗中托物寄情，虽铺陈词采，但格调清新，境界辽远，气势飞动。

陈子昂

登幽州台歌①

前不见古人②，后不见来者。念天地之悠悠③，独怆然而涕下④！

陈子昂 （659—700）字伯玉，梓州射洪（今四川射洪）人。曾拜麟台正字，转右拾遗。敢于陈述时弊。后为人诬入狱，愤死。于诗标举汉魏风骨，反对柔靡之风。是唐代诗歌的先驱，影响唐诗发展。

【注解】

①幽州台：即蓟北楼，故址在今北京市西南。

②古人：指明君贤臣。

③悠悠：渺远的样子。

④怆然：悲伤。涕：眼泪。

【赏析】

诗人少怀壮志，力图报国，随军征战时，因献奇策，反被贬官。他登上幽州台，俯仰古今，思绪潮涌，遂作此诗。诗中以慷慨悲凉的调子表现了诗人失意的境遇和寂寞苦闷的情怀，这种悲哀常常为许多怀才不遇的人士所共有。诗人直吐胸臆，语言奔放，格调雄浑，具有震撼人心的艺术感染力。

春夜别友人

银烛吐青烟，金樽对绮筵①。离堂思琴瑟②，别路绕山川。明月隐高树，长河没晓天。悠悠洛阳道，此会在何年。

【注解】

①金樽：华美的酒杯，并非实指金色的酒杯，用"金"是为了与"银"相对。绮筵：华筵，丰盛的筵席。

②琴瑟：指朋友宴会之乐。

【赏析】

这首送别诗没有长吁短叹的哀伤语句，而是在沉静中见深挚的情愫。首联展示送别时两人相对无言的沉静；颔联借音乐的和谐比拟情意的深厚，离情的缠绵；颈联描写送行时的景致和难舍难分的情思；尾联流露出离人隐隐的哀愁。

贺知章

回乡偶书二首

少小离家老大回①，乡音无改鬓毛衰②。儿童相见不相识，笑问客从何处来。

离别家乡岁月多，近来人事半消磨。惟有门前镜湖水③，春风不改旧时波。

贺知章　（659—约744）字季真，号四明狂客，越州永兴（今浙江萧山）人。证圣进士，入仕至秘书监。后为道士。工书法，擅草隶。诗多祭祀、应制、写景之作，清新晓畅。今存诗20首。

【注解】

①离家：一作"离乡"。作者37岁成进士，在此之前就已经离开故乡，回乡时已逾80。

②无改：一作"未改"。衰（cuī）：疏落。

③镜湖：在今浙江省绍兴会稽山北麓。贺知章的故居即在镜湖旁。

【赏析】

这是作者晚年回乡时所作。第一首表现恋乡情怀。久客归乡，心中感慨万端：当年离家风华正茂，今日返归鬓发斑白，故乡还认得我吗？后两句问话的场面极富生活情趣，真实地表现了诗人还乡时的无限感慨和欣喜之情。

第二首是第一首的续篇。诗人到家后和亲朋交谈，得知家乡的种种变化。在叹息久客伤老之余，抒发人事无常的慨叹，特别是独立镜湖之旁，更有种"物是人非"的感触。

张若虚

春江花月夜①

春江潮水连海平，海上明月共潮生。滟滟随波千万里②，何处春江无月明！江流宛转绕芳甸③，月照花林皆似霰④；空里流霜不觉飞，汀上白沙看不见。江天一色无纤尘，皎皎空中孤月轮。江畔何人初见月？江月何年初照人？人生代代无穷已，江月年年只相似。不知江月待何人，但见长江送流水。白云一片去悠悠，青枫浦上不胜愁⑤。谁家今夜扁舟子？何处相思明月楼？可怜楼上月徘徊，应照离人妆镜台。玉户帘中卷不去，捣衣砧上拂还来。此时相望不相闻，愿逐月华流照君。鸿雁长飞光不度，鱼龙潜跃水成文。昨夜闲潭梦落花，可怜春半不还家。江水流春去欲尽，江潭落月复西斜。斜月沉沉藏海雾，碣石潇湘无限路⑥。不知乘月几人归，落月摇情满江树。

张若虚 （660—727），扬州（今属江苏省）人。曾任兖州兵曹。与贺知章、张旭、包融并称"吴中四士"。以文辞俊秀驰名。《全唐诗》存诗二首，其《春江花月夜》有"孤篇横绝"之誉。

【注解】

①《春江花月夜》：乐府旧题。本篇除描写花月春江绚烂景色之外，极写民间的相思之苦，和旧时供宫廷娱乐的歌曲便不同了。

②滟滟：形容水光动荡闪烁的样子。

③芳甸：遍生花草的原野。

④霰：雪珠，此是形容洁白月光照映的花。

⑤青枫浦：地名，这里泛指遥远荒僻的水边。

⑥碣石：山名，在今河北省昌黎。潇湘：二水名，在今湖南省。这里"碣石"指北，"潇湘"指南。

【赏析】

这首诗千余年来使无数读者为之倾倒，诗作通过描写春、江、花、月、夜这五种体现人生良辰美景的事物，构成了令人心驰神往的美妙景象。其间虽有消极感伤的情绪，但其展现的永恒的江山、无边的风月，以及作者对自然美景的深切感受和珍视、期待与向往，给人以哲理的启示。在艺术上洗净六朝宫体的浓脂腻粉，语言清丽流畅，韵律婉转和谐，全诗排比、对偶反复运用，辞藻华美，错落有致，达到情、景、理相互交融的艺术高度。

张九龄

湖口望庐山瀑布水①

万丈红泉落，迢迢半紫氛②。奔流下杂树，洒落出重云。日照虹霓似，天清风雨闻。灵山多秀色③，空水共氤氲④。

张九龄　(678-740) 字子寿，韶州曲江（今属广东）人。武皇长安年间进士，累官至中书侍郎同中书门下平章事。后为李林甫谮罢相。为有远见、有胆识的政治家、文学家、诗人、名相。诗以格调刚健著称。有《曲江集》、《千秋金鉴录》，参与《朝英集》的编撰。

【注解】

①湖口：鄱阳湖地名。

②红泉：指瀑布在日光照映下发出璀璨的色彩，故曰红泉。**紫氛**：指水汽。

③灵山：道家称蓬莱山的别名，犹言仙山，这里指庐山。

④"空水"句：意谓瀑布从山顶奔泻，远望如挂在空中，水汽和烟云融成一片。**氤氲**：气盛浑融。

【赏析】

这是一首描绘瀑布的诗。作者从湖口远望庐山瀑布，描写其奔流飞溅的奇观和声威，从不同角度，以不同手法，写貌求神，重彩浓墨，渲染烘托，以山相衬，与天相映，展现出一幅雄奇绚丽的庐山瀑布远景图。此诗为张九龄在仕途上颇为踌躇满志时所作，诗中微妙地表达了这种情怀。

赋得自君之出矣

自君之出矣①，不复理残机②。思君如满月，夜夜减清辉③。

【注解】

①自君之出矣：乐府诗杂曲歌辞名。作者皆以"自君之出矣"发端，其下抒别情。

②残机：残破的织机，暗示女主人长时间没上机织布了。

③减清辉：以月喻人，思妇日夜思念，容颜憔悴。

【赏析】

这是一首描写闺怨的诗。诗作语言含蓄婉转，清新可爱，富有浓郁的生活气息。"残机"二字道破了男人离家长久，思妇落寞冷清和思念情深。

望月怀远

海上生明月①，天涯共此时②。情人怨遥夜，竟夕起相思③。灭烛怜光满④，披衣觉露滋。不堪盈手赠，还寝梦佳期。

【注解】

①生：这里是升起的意思。

②天涯：犹言天边。这句是说远在天涯的亲人这时也在怀念我，而我一样也在望月。

③情人：有怀远之情的人，诗人自称。**遥夜**：即长夜。**竟夕**：整夜。

④怜：爱。**光满**：皎洁的月色浩渺无边，一说皎洁的月光洒满小屋。

【赏析】

这首诗乃望月怀思的名篇，诗中情景交融，抒情与写景并举，细腻地描绘了月夜思亲的情景。全诗由景起兴，引起相思。明亮皎洁的月色和诗人内心深厚的思情浑然交融，月光的意象贯穿全篇，有力地烘托相思之情的深远无边。此诗把缠绵和相思表达得异常真切、形象。"海上生明月，天涯共此时"意境雄浑豁达，乃千古佳句。

王之涣

登鹳雀楼①

白日依山尽，黄河入海流。欲穷千里目，更上一层楼。

王之涣　（688—742）字季凌，晋阳（今山西省太原）人，后徙居绛州。官文安县尉。他是盛唐著名诗人之一，其诗主要是"歌从军，吟出塞"，描写西北风光，意境壮阔，气势恢弘。诗作名动一时，每有新作，"传乎乐章，布在人口"，广为传诵。作品多已散佚。诗仅存六首，均为绝句精品。

【注解】

①鹳雀楼：又名鹳鹊楼，楼的旧址在今山西省永济县西南。

【赏析】

这是一首景观壮阔、蕴涵哲理的登览之诗。诗的前两句是登楼望见的景色，把当前景与意中景融合为一，增加了画面的广度和深度。到此，看似已写尽了望中之景，不料诗人以"欲穷千里目，更上一层楼"两句即景生意的诗把诗篇推入更高的境界，以观景之道喻进德修业之理，表现了向上进取、高瞻远瞩的胸襟，道出了深刻的哲理意蕴。

凉州词①

黄河远上白云间，一片孤城万仞山②。羌笛何须怨杨柳③，春风不度玉门关④。

【注解】

①《凉州词》：古乐府曲调名。

②万仞山：极言山之高。仞，古代长度单位，一仞约为八尺。

③羌笛：古代管乐器名，因出于羌，故名。杨柳：指《折杨柳》曲，其声哀怨。

④玉门关：在今甘肃省敦煌西，是古代通往西域的要道。

【赏析】

这是一首描写塞外风光与征人边情的诗。首句自下游向上游、由近及远眺望黄河，辽远宏大。接着，在滔滔黄河的壮美背景下出现了一座漠北孤城、戍边堡垒，景象雄伟险峻。第三句转笔引羌笛声，勾起征夫的思乡之情，又以"何须怨"宕开来说，不必怨杨柳，造语妙极。此诗结构十分精巧，悲中有壮，表现出边防将士卫国戍边的宽阔胸襟。

孟浩然

宿建德江①

移舟泊烟渚②，日暮客愁新。野旷天低树，江清月近人③。

孟浩然 （689－740）字浩然，襄州襄阳（今属湖北）人。其诗清淡幽远，卓于写景，多反映隐逸恬淡生活。诗与王维齐名。有《孟浩然集》。

【注解】
①建德江：即新安江，流经今浙江省建德县。
②渚：水中的小洲。
③"野旷"二句：写原野极为广阔，放眼望去，似乎远处的天空反低于树木。江水澄清，月映水中，好像和人更接近了一些。

【赏析】
这是首写羁旅之思的诗。首句点题，第二句是诗的中心句，但作者并未继续抒写愁思，而是将笔触转到景物描写中，在广袤而宁静的宇宙中，终于发现还有清澈的江水，皎洁的明月此刻和他是那么亲近！寂寞的心灵此刻得到了净化和慰藉。

春 晓①

春眠不觉晓，处处闻啼鸟。夜来风雨声，花落知多少②？

【注解】
①春晓：春天早晨。
②"夜来"二句：回忆夜来的风雨，为花木担忧。

【赏析】
这是一首脍炙人口的名作。作品从春鸟的啼鸣、春风春雨的吹打、春花的谢落等声音让读者通过听觉感受户外春意闹的美好景象。只淡淡的几笔就写出了晴方好、雨亦奇的繁盛春意。三四句由喜春进而伤春、惜春，而这伤和惜却是因为对春的爱。作者借物抒怀，闲散恬淡中多少流露出人生的感慨。语浅意浓，自然而极富韵致。

过故人庄

故人具鸡黍①，邀我至田家。绿树村边合②，青山郭外斜。开轩面场圃③，把酒话桑麻④。待到重阳日⑤，还来就菊花。

【注解】
①具：备办。鸡黍：指农家待客的丰盛饭菜。
②合：围拢。此句言村庄隐藏在深林当中，从村中望去，四周都是绿树，故曰"合"。

③轩：窗的别称。

④话桑麻：闲谈农作之事。

⑤重阳日：农历九月初九，重阳节，古人有登高、饮菊花酒的风俗。

【赏析】

这首田园诗是作者隐居鹿门山到山村友人家作客后所写。诗中描写了农家恬静闲适的生活情景，也写了老朋友诚挚亲切的情谊。诗人被农庄生活深深地吸引，于是临走时，向主人率真地表示将在秋高气爽的重阳节再来赏菊。诗人自然流畅地描绘一幅朴实秀美的田园风景画，诗意盎然，意境清新隽永。

王昌龄

出塞二首（选一）①

其 一

秦时明月汉时关，万里长征人未还。但使龙城飞将在②，不教胡马度阴山③。

王昌龄 （698—约757）字少伯，京兆（今陕西省西安）人。开元进士，数任小官，晚年贬龙标尉。因安史之乱还乡，为刺史闾丘晓所杀。他以诗名重一时，有"诗家天子"之称。其诗内容较为丰富，无论是写边塞、宫怨、闺怨、送别都善于将复杂的情感和深沉的思想高度提炼。尤其是边塞诗，深刻地反映了戍边将士的生活，气势雄浑，格调高昂。他擅长七言绝句，号称"七绝圣手"。现存诗一百八十余首，《全唐诗》编录四卷。

【注解】

①出塞：乐府《横吹曲辞》旧题。

②龙城：为匈奴祭天之处，故址在今蒙古国境内。

③阴山：昆仑山的北支，起自河套西北，是我国北方的屏障。在今内蒙古中部，汉时匈奴常据有阴山侵扰汉朝。

【赏析】

这是一首慨叹边战不断，希冀良将宁边的边塞诗。首句的新鲜奇妙就在于"明月"和"关"前分别增加了"秦"、"汉"两个时间限定词，这样就形成一种雄浑苍茫、博大深厚的艺术意境，使读者把眼前明月下的边关同历史联系起来了。"万里长征人未还"就成了自秦汉以来历代人们的悲剧，希望边境有"不教胡马度阴山"的"龙城飞将"，表现了人民向往和平生活的愿望。

闺 怨①

闺中少妇不知愁，春日凝妆上翠楼②。忽见陌头杨柳色③，悔教夫婿觅封侯④。

【注解】

①闺怨：言妇女的怨情。

②凝妆：盛妆打扮。翠楼：少妇的居处。

③陌头：田头道边。

④觅封侯：指从军立功以求取爵位。

【赏析】

这首闺怨诗从"不知愁"写起，在春日里盛妆上楼观赏景色的少妇，忽然从再次吐绿的杨柳想起了丈夫从军不归已久。她后悔当初不该让丈夫远离自己去追求功名富贵，"不知"、"忽见"、"悔教"诸词，一句一曲折，诗中虽没有刻意去写怨愁，但怨之深、愁之重已表露无余。本诗为唐代闺怨诗的压卷之作。

王 维

渭川田家①

斜光照墟落，穷巷牛羊归②。野老念牧童，倚杖候荆扉③。雉雊麦苗秀，蚕眠桑叶稀④。田夫荷锄至，相见语依依。即此羡闲逸，怅然吟式微⑤。

王维（701—761）字摩诘，蒲州（今山西省永济）人。开元进士。后官至尚书右丞，世称王右丞。晚年居蓝田辋川，过着亦官亦隐亦佛亦俗的恬静富贵生活。诗与孟浩然齐名，并称"王孟"。前期写过一些边塞诗。但他的山水诗成就最高，他又兼通音乐，工书画。其诗、画有"诗中画、画中诗"之誉。著有《王右丞集》。

【注解】

①渭川：渭水。

②墟落：村庄。穷巷：指深巷。

③荆扉：柴门。

④雉雊：野鸡。秀：麦子吐华曰秀。蚕眠：蚕蜕皮时，不食不动，如睡眠状。

⑤吟式微：《诗经·邶风》篇有："式微，式微，胡不归!"此取其义。

【赏析】

这是王维最有名的一首田园诗。作者选取初夏夕阳斜照的村落作为典型，集中抒写。描画出夕阳斜照村落、暮色苍茫，牛羊归、牧童归、田野中野鸡尽情地鸣叫，蚕儿已吐丝作茧，农夫们乐而思归，到处洋溢着和乐融融的气氛。绘出了一幅安闲宁静的"田园晚归图"。最后，诗人借《诗经》中的诗句表达自己急欲归隐田园的心情。

终南山

太乙近天都①，连山到海隅。白云回望合②，青霭入看无。分野中峰变③，阴晴众壑殊。欲投人处宿，隔水问樵夫。

【注解】

①太乙：终南山的主峰，在今陕西省长安县南。**近天都**：言高与天连。天都，天帝所居之处。

②回望合：四望如一。**霭**：雾气。**入看无**：一切都消融在这雾气之中。此二句写山中弥漫着青白的云雾，连成一片。

③分野：古天文学名词，古人把天上的星宿和地上的州或国联系起来，凡地上每一地域都划在星空某一分野之内，互相对应，称为分野。

【赏析】

这是一首描写终南山之雄伟景象的山水诗。全诗大气磅礴，意境壮阔，从不同的角度描绘了终南山的极高、极广，笔墨雄奇中见细腻，壮美中含妩媚。

观 猎①

风劲角弓鸣，将军猎渭城②。草枯鹰眼疾，雪尽马蹄轻。忽过新丰市③，还归细柳营④。回看射雕处，千里暮云平。

【注解】

①诗题一作《猎骑》。

②角弓鸣：指拉弓发箭。**渭城**：即咸阳故城，在长安西北渭水北岸。

③新丰市：地名，在今陕西省临潼县东。

④细柳营：在长安附近，西汉名将周亚夫屯军于此。

【赏析】

这是一首描写将军围猎的诗。以"风劲角弓鸣"起，破空而来，笔势矫健。如闻其声，如摄其势。三四句是绝妙的流水对，"鹰眼"因"草枯"而"疾"，"马蹄"因"雪尽"而"轻"。"还归细柳营"，巧用历史事实，映照诗中狩猎人也具名将胸怀气魄。沈德潜在《唐诗别裁》中评此诗："章法、句法、字法俱臻绝顶。盛唐诗中亦不多见。"

鹿 柴①

空山不见人，但闻人语响。返景入深林②，复照青苔上。

【注解】

①鹿柴：地名，是王维隐居辋川别墅中的胜景之一。柴，本作"砦"，即篱栅。

②返景：指日落时分，日光返照。

【赏析】

此诗是王维《辋川集》五绝组诗。诗中描绘鹿柴的空山深林傍晚的幽静景色。首句正面描写空山的空寂；二句"但闻人语响"境界顿出，不见人影只闻人声，以动衬静；三句描写夕阳返照，更突出了深林的幽暗、寂静。

相　思①

红豆生南国②，春来发几枝？愿君多采撷③，此物最相思。

【注解】

①诗题一作"江上赠李龟年"。

②红豆：俗名相思子。

③采撷：采摘。

【赏析】

这是一首借咏物表达相思之情的诗。首句起兴，点明朋友流浪江南。次句设问寄托情思，紧接着第三句寄意对方"多采撷红豆"。末句一语双关点题，既切合"相思"之名，又晓喻相思之情。妙笔生花，婉曲动人。

九月九日忆山东兄弟①

独在异乡为异客，每逢佳节倍思亲。遥知兄弟登高处，遍插茱萸少一人②。

【注解】

①这是作者17岁时所作。山东：指在华山以东。作者故乡蒲州（今山西省永济县），故云"忆山东兄弟"。

②茱萸：一名越椒，有香气。古代风俗每年农历九月九日佩茱萸囊登高，以为可祛邪避灾。

【赏析】

这首诗是王维重阳节思念家人之作。此时，他在外游猎功名。首句"独"和"异"朴质而真切地道出了孤独无亲、漂泊之感。次句"倍"既体现了长久的乡思又表达了佳节思亲之胜，这二字实在是"人人心中有，个个笔下无"。后两句把我思人的情绪转换为人思我，把亲人互相思念之情，写得淋漓尽致，余味无穷。

送元二使安西①

渭城朝雨浥轻尘②，客舍青青柳色新③。劝君更尽一杯酒，西出阳关无故人④。

【注解】

①元二：不详。安西：即安西都护府（今新疆库车境内）。

②渭城：即咸阳（今陕西省西安市）。浥：湿润。

③柳色：柳象征离别。古人有折柳送别的习俗。

④尽：一作"进"。阳关：汉置关名（在今甘肃省敦煌县西南），自古与玉门关同为出塞必经之地，因在玉门关南，故称阳关。

【赏析】

这是王维极负盛名的送别诗。诗的首二句状物写景，写明送别的时间、地点和环境气氛，着意描绘了渭城春雨的细润和垂柳的柔美，衬托出惜别的情意。后两句写殷勤劝酒，直抒胸臆，用"更"字和"无故人"，把依依不舍和别后的怀念之情充分表现出来。"劝君更尽一杯酒，西出阳关无故人"，成为送别时的绝唱。

李 白

乌夜啼①

黄云城边乌欲栖，归飞哑哑枝上啼。机中织锦秦川女②，碧纱如烟隔窗语。停梭怅然忆远人，独宿孤房泪如雨③。

李白 （701—762）字太白，号青莲居士。祖籍陇西成纪（今甘肃省秦安县），隋末其先人流寓中亚的碎叶（今吉尔吉斯斯坦北部）城，他即于此出生。幼时随父迁居绵州彰明县（今四川省江油县）青莲乡。壮年漫游天下，好酒任侠，天宝初供奉翰林，受权贵谗毁，仅一年余即离开长安。安史之乱曾为永王李璘幕僚，后流放夜郎（今贵州）。中途遇赦，晚年漂泊困苦，卒于当涂。李白诗风雄奇豪放，想象丰富，语言流转自然，音韵和谐多变。其内容鲜明地表现了对封建权贵的轻蔑、对人民疾苦的同情和对祖国山河的赞美。他的诗歌各体俱佳，有"诗仙"之称。有《李太白集》。

【注解】

①**乌夜啼**：乐府古题。
②**秦川女**：指征夫远戍的思妇。
③**"停梭"二句**：先写思妇触景生情，停梭怅然，回孤房独宿，泪落如雨。

【赏析】

这是一首表现思夫之情的诗。首二句绘出一幅秋林晚鸦图。接下来描绘在暮色迷茫中透过烟雾般的碧纱窗，依稀看到思妇的孤独身影，听到她低微的声音，体会着她内心的感受。沈德潜在《唐诗别裁》中评论此诗："蕴含深远，不须语言之烦。"

玉阶怨①

玉阶生白露，夜久侵罗袜。却下水精帘②，玲珑望秋月③。

【注解】

①**玉阶怨**：属乐府调名，述写"宫怨"的乐曲。
②**却下**：放下。**水精**：水晶。
③**玲珑**：清晰明亮的样子。

【赏析】

这首短诗描写一个女子盼望、思念之情。深夜了，她仍久久伫立在玉阶上，以至露水沾湿了罗袜，终因寒意袭人，无奈地回屋放下帘子，但仍不能入睡而独自凝思仰望秋月。题为"玉阶怨"，但通篇无一怨字，而是通过形象本身的细节描写，怨意深藏其中。

静夜思①

床前明月光，疑是地上霜。举头望明月②，低头思故乡。

【注解】

①诗题一作"夜思"。

②举：抬。望明月：一作"望山月"。

【赏析】

这是一首远客思乡的诗。前两句以地上霜喻月光，十分真切地写出了深秋明月既明亮又寒冷，同时烘托了深秋静夜的寒意萧瑟和旅人的寂寞情怀。三四句写游子望月怀乡，长夜难眠的乡思，深情挚意尽在不言中。笔触清新朴素，构思细致深曲，耐人寻味，百读不厌。

春　思

燕草如碧丝①，秦桑低绿枝②。当君怀归日，是妾断肠时。春风不相识，何事入罗帏③？

【注解】

①燕：今河北、辽宁一带，为唐代东北边防要地，诗中征夫所在地。

②秦：指现陕西省境，诗中思妇所居之地。

③帏：帐。罗帏：丝织的帐子。

【赏析】

这是一首描写少妇愁情的诗。开头二句即以相隔遥远的燕、秦两地的春景起兴。思妇触景生情，产生"当君怀归日，是妾断肠时"的感情。在这种心绪下春风还无端吹来，思妇不禁中斥道："春风不相识，何事入罗帏？"进一步表现了思妇相思惆怅的深情。全诗婉曲动人，形象地表现了思妇的复杂心理活动和情感。

赠汪伦

李白乘舟将欲行，忽闻岸上踏歌声①。桃花潭水深千尺②，不及汪伦送我情。

【注解】

①踏歌：以脚步踏地为节拍，边走边唱。

②桃花潭：在今安徽省泾县。

【赏析】

汪伦是李白的一位朋友，曾邀李白到家中作客。当李白乘船将离开之时，汪伦赶来相送，李白遂吟此诗赠别。此诗前两句是叙事，后两句抒情，"桃花潭水深千尺"为结句预伏了一笔。结句"不及"二字出语纯朴自然，情真意切，表达了友人之间真挚的情意。语言生动而形象，空灵而有余味。

黄鹤楼送孟浩然之广陵①

故人西辞黄鹤楼②，烟花三月下扬州③。孤帆远影碧空尽，唯见长江天际流。

【注解】

①广陵：今江苏省扬州市。

②黄鹤楼：旧址在今湖北省武昌。

③烟花三月：春天花开的景色。一说指江南春天田野上常有迷茫的雾气，古人称为"烟花"。扬州：古称广陵。

【赏析】

这是一首送别诗。抒写了诗人对朋友无限依恋的感情。全诗语言清丽，气象开阔，第一句点明送别的地点。第二句写送行的时令和被送者将去的地方。三四句写送别的场景，以烟花春色和浩荡无际的长江为背景，表达了朋友依依惜别之情，展现了一幅意境开阔、色彩明丽的惜别画。

送友人

青山横北郭①，白水绕东城。此地一为别，孤蓬万里征②。浮云游子意，落日故人情③。挥手自兹去，萧萧班马鸣④。

【注解】

①郭：外城。

②蓬：蓬草。枯后随风飘荡，这里比喻远行的友人，也是自喻。

③"浮云"句：以浮云喻远游作客之人飘忽不定，这里指友人。

④萧萧：马鸣声。班马：离群之马。班，别也。

【赏析】

这首送别诗是诗人政治上失意之时所作。全诗通过环境景物的烘托、气氛的渲染，表达了诗人与友人依依惜别的挚情。首联以青山对白水、北郭对东城的极为工整的对偶句点出告别环境。第二联具体写离别的深情。第三联巧妙以浮云、落日作比，衬托这对分别的友人充满惜别的情意。结尾以班马萧萧烘托离别的气氛，情意婉转含蓄，使自然美与人情美水乳交融，耐人寻味。

望天门山①

天门中断楚江开②，碧水东流至此回。两岸青山相对出，孤帆一片日边来③。

【注解】
①天门山：指今安徽省当涂县西南的博望山和梁山，两山夹江对峙有如天门。
②楚江：流经今湖北、安徽一段的长江为楚江。
③"孤帆"句：早晨日出东方，孤舟从水天相接处行来，宛如来自太阳升起的地方。

【赏析】
这首诗把天门山特征、地势、色彩以及耸立长江两侧山水相连的壮观，勾勒成一幅美丽的山水诗画呈现在人们眼前，诗作构思新颖，气势磅礴，把两岸青山突兀而起的挺拔姿态生动地描绘出来，同时红日、白帆、青山、绿水相互辉映，给人以领略不尽的美感。

望庐山瀑布

日照香炉生紫烟①，遥看瀑布挂前川②。飞流直下三千尺，疑是银河落九天③。

【注解】
①香炉：指庐山的香炉峰。紫烟：日光照射水汽反映出紫色的烟雾。
②前川：一作"长川"。
③九天：指天的最高处。

【赏析】
这首诗描写庐山香炉峰瀑布。诗人以明快的语言，多彩的画笔，短短28字就将庐山瀑布壮观、雄伟的景色呈现出来。"生"、"挂"、"下"、"落"等字化静为动，表现出遥看瀑布倾泻而下的景象。"飞流直下三千尺"的夸张和"银河落九天"的比喻，体现了李白的浪漫主义风格。

早发白帝城

朝辞白帝彩云间①，千里江陵一日还②。两岸猿声啼不住，轻舟已过万重山③。

【注解】
①朝辞：早上辞别。白帝：白帝城，故城建筑在今重庆奉节东、长江北岸的白帝山上。
②江陵：唐设江陵府，今湖北辖境内。
③轻舟：轻快的顺水船。

【赏析】
唐肃宗乾元二年，李白因永王事件的牵连，被判流放夜郎，行至白帝城时遇赦。本诗便是诗人遇赦后乘舟东还江陵时所作。诗作描写作者遇赦后乘长风破万里浪的愉快心情。全诗写景抒情融汇自然，妙在把迅疾的身行和两岸的风物融为一体，使人如临其境、如闻

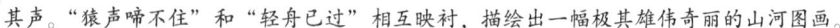

其声。"猿声啼不住"和"轻舟已过"相互映衬，描绘出一幅极其雄伟奇丽的山河图画。

崔 颢

黄鹤楼①

昔人已乘黄鹤去②，此地空余黄鹤楼。黄鹤一去不复返，白云千载空悠悠③。晴川历历汉阳树④，芳草萋萋鹦鹉洲⑤。日暮乡关何处是？烟波江上使人愁⑥。

崔 颢 （704—754），汴州（今河南开封）人。开元十一年进士，天宝中官尚书司勋员外郎。他以才名著称，好饮酒赌博，行为轻薄，为时论不满。早年为诗，情致浮艳。后游览山川，从军东北边塞，风格转为雄浑豪宕，风骨凛然。《全唐诗》存诗四十二首。

【注解】
①黄鹤楼：故址在今湖北省武汉。
②昔人：传说中的仙人，一说此人为费文祎，在此驾鹤登仙；一说仙人子安曾乘鹤过此。
③悠悠：久远的意思。
④历历：清楚分明。汉阳：今湖北武汉市汉阳区。
⑤萋萋：茂盛。鹦鹉洲：在武昌北长江中。
⑥烟波：烟霭笼罩的江南。

【赏析】
这是一首登黄鹤楼览胜抒发怀古思乡之情的诗。首二联以黄鹤楼的传说起兴，抒写登临吊古、思乡怀土的心情；抚今追昔，慨叹古今变化引起诗人无限情思，生出无限惆怅。后二联写登楼所见，以寥廓空旷的景色寄寓游子思乡的愁情。全诗熔神话与现实于一炉，古今、虚实、远近、情景巧妙结合，自然宏丽，又意境苍茫壮阔，产生了强烈的艺术感染力，成为历代所推崇的珍品。

王 翰

凉州词①

葡萄美酒夜光杯②，欲饮琵琶马上催③。醉卧沙场君莫笑，古来征战几人回？

王 翰 （生卒年不详）字子羽，并州晋阳（今山西省太原市）人。景云元年进士，曾任开元秘书正字，通直舍人等职。性格豪迈，生活放浪，恃才不羁。《全唐诗》存诗一卷。

【注解】
①凉州词：乐府曲名。

②葡萄美酒：自古新疆一带多以葡萄制酒。**夜光杯**：上等玉石制成的酒杯，光可照夜。

③**"欲饮"句**：正要饮酒，琵琶却在催促人上马。一说奏琵琶催饮，古人有奏乐劝酒之俗。

【赏析】

这是一首描写边塞将士宴饮情态的诗，是唐代边塞诗的名篇。首句写盛宴的豪华气派，美酒玉杯，征人互相斟酒劝饮。这时琵琶催征，征人依然尽醉而走，豪迈地表示即使醉卧沙场，也不悲伤，显示了勇士们的英雄气概和旷达的胸怀。但在乐而忘忧的豪饮后面表现了将士反对统治者穷兵黩武的悲愤。

高 适

燕歌行①

汉家烟尘在东北，汉将辞家破残贼②。男儿本自重横行③，天子非常赐颜色。拟金伐鼓下榆关④，旌旆逶迤碣石间⑤。校尉羽书飞瀚海，单于猎火照狼山⑥。山川萧条极边土，胡骑凭陵杂风雨⑦。战士军前半死生，美人帐下犹歌舞。大漠穷秋塞草腓，孤城落日斗兵稀。身当恩遇常轻敌⑧，力尽关山未解围。铁衣远戍辛勤久，玉箸应啼别离后⑨。少妇城南欲断肠，征人蓟北空回首⑩。边庭飘飖那可度，绝域苍茫更何有！杀气三时作阵云，寒声一夜传刁斗⑪。相看白刃血纷纷，死节从来岂顾勋？君不见沙场争战苦，至今犹忆李将军⑫。

高适 （701—765）字达夫，渤海蓨（今河北省沧县）人。早年家境困窘，仕途失意。49岁时中"有道科"，授封丘县尉。安史之乱中得唐肃宗重用，历任淮南、西川节度使，终散骑常侍。高适是一位有政治才能的诗人，他的诗作题材广泛，内容丰富，现实性强。早期诗大多感慨怀才不遇、仕途失意，一部分诗歌反映民生疾苦，以边塞诗成就最高。他的诗气势雄浑，格调高昂，粗犷豪放，与岑参并称"高岑"。有《高常侍集》。

【注解】

①燕歌行：乐府古题，多写征战、离别、相思。

②**"汉家烟尘"二句**：开元十八年五月，契丹族可突干杀其国王，胁迫奚族叛唐降突厥。此后，唐和契丹、奚的战争连年不绝。唐人诗中写时事多托之汉代，故云。

③横行：纵横驰骋，扫荡敌寇。

④**"拟金伐鼓"句**：写行军时金鼓和鸣。拟，撞击。榆关，即山海关。

⑤碣石：山名，这里泛指东北滨海地带。

⑥**"校尉"二句**：言唐军先头部队已深入敌境，从边境也可望到敌方的猎火。校尉，武职名，这里泛指统兵的将帅。羽书，插有鸟羽的军用紧急文书。瀚海，一作瀚海，这里指当时被奚族所据的蒙古高原一带。单于，匈奴人称君长之词，这里用作北方民族首领的

通称。狼山，这里泛指接战之地。

⑦"胡骑"句：写敌方马队像狂风暴雨似地发动猛攻。凭陵：倚仗某种有利条件而去侵陵别人。

⑧身当恩遇：意指受到朝廷的重视。

⑨玉箸：形容思妇的眼泪。

⑩蓟北：今河北省蓟县往北一带，泛指北部边塞地区。

⑪"杀气"二句：上句写白天战场杀气腾腾，天昏地暗；下句写夜晚军营戒备森严，警报频传。刁斗，军中巡更、煮饭两用的铜器。

⑫李将军：指李广。这里兼取捍御强敌与抚爱士卒二义。

【赏析】

这是一首展现沙场征战，谴责将帅腐败，揭露苦乐悬殊，悲悯两地幽怨的边塞诗。诗中描写的现象是对当时边塞战争生活和边官腐败的真实概括，并不局限于一人一事。"战士军前半死生，美人帐下犹歌舞。"作者一方面着力描写战士长期浴血苦战，英勇杀敌，为国献身；一方面写边官在帐中与美人追欢逐乐，歌舞宴饮，在这种强烈对比中，沉痛地揭露了边官的腐败无能，唐军惨败的原因。表达了诗人强烈的爱憎。全诗激昂奔放，又悲壮苍凉，是盛唐边塞军旅诗的压卷之作。

送李少府贬峡中王少府贬长沙①

嗟君此别意何如，驻马衔杯问谪居②。巫峡啼猿数行泪③，衡阳归雁几封书④。青枫江上秋帆远⑤，白帝城边古木疏⑥。圣代即今多雨露⑦，暂时分手莫踌躇。

【注解】

①少府：唐时县尉的别称。李、王二人事迹不详。峡中：泛指四川省东部。

②衔杯：饮酒。谪居：贬官之地。

③巫峡：在今四川省巫山。

④"衡阳"句：传说衡阳有回雁峰，南飞之雁至此折回北方。言王少府去长沙后要多来信。

⑤青枫江：在今长沙南。

⑥白帝城：在今重庆奉节县，长江三峡入口。

⑦雨露：喻朝廷的恩泽。

【赏析】

这是一首表达送别之情的诗作。诗人描写被送人在旅途上将遇到的艰辛，以此抒发同情、关切之意。被送者一个去四川，所以写巫峡猿啼，白帝城树木凋零；一个贬湖南，所以写云中衡阳归雁，青枫江上秋帆。全诗抒情写景，语意委婉曲折。

杜 甫

望 岳

岱宗夫如何①？齐鲁青未了②。造化钟神秀，阴阳割昏晓。荡胸生层云，决眦入归鸟③。会当凌绝顶，一览众山小④。

杜甫 （712—770）字子美，祖籍襄阳（今湖北省襄阳），生于河南巩县（今河南巩县），是中唐时期著名的诗人。诗歌中反映出唐代由开元、天宝盛世转而衰微的过程，被称为"诗史"。诗歌形式多样，风格以沉郁为主；语言精练，具有高度的表达能力。世人称其"诗圣"，与李白齐名，并称"李杜"。著有《杜工部集》。

【注解】
①**岱宗**：泰山别名岱山，居五岳之首，故称岱宗。
②**齐鲁**：本指春秋时期两个诸侯国名，此处指齐鲁之地。青未了：青指泰山青翠的山色，此处形容泰山高大。
③**决眦入归鸟**：决，裂开。眦，眼眶。此句言极目张望，归林的飞鸟尽收眼底。
④**一览众山小**：用《孟子·尽心上》"登泰山而小天下"之意。

【赏析】
这是一首借泰山比况自己雄心壮志的言志诗。首句用发问形式写泰山的高峻伟大，"齐鲁青未了"言其雄阔。三四句写近望泰山的神奇、崇峻，接着写遥望中的形象、云气层叠，胸襟为之开阔。气势非凡，意境深远。结尾两句抒发了诗人青年时期雄心壮志和积极进取的情怀。这是一首被誉为情调高昂、"语语奇警"的五言古诗，千百年来为人们所传诵。

春 望

国破山河在①，城春草木深。感时花溅泪②，恨别鸟惊心。烽火连三月③，家书抵万金。白头搔更短④，浑欲不胜簪⑤。

【注解】
①**国破**：指国都长安被叛军占领。
②**溅泪**：国破之时，花同人心，悲而溅泪，亦可理解花上溅滴愁人的泪。
③**连三月**：战火延续，整个春天将过去。
④**搔**：抓头。短：少，稀疏。
⑤**浑欲**：简直要。**不胜簪**：发簪，头发稀疏，连簪子也插不稳。

【赏析】
这首诗是作者陷在被安禄山占领的长安城时写的。诗中概括地抒写了作者伤时恨别、忧国思家的感情。前四句寄景生情，抒写忧国情怀，眼前美好景物反成了愁思的引子。后四句是在忧国的同时抒发思家愁怀，两种感情汇集一起。头发更白了，更稀少了，这完全是忧国思家所致。全诗充满忧愤的情感，语言精当凝练，有强烈艺术感染力。

旅夜书怀

　　细草微风岸，危樯独夜舟①。星垂平野阔，月涌大江流。名岂文章著，官应老病休②。飘飘何所似？天地一沙鸥。

【注解】
①危樯：高耸的桅杆。
②"官应"句：应理解为"老病应休官"的倒文。

【赏析】
　　这首诗流露了诗人奔波不遇之情。前四句写"旅夜"的情景，展现了诗人的景况和情怀。在对景物的精雕细刻中，衬托诗人的苍茫之感、沉郁之思；后四句"书怀"，抒发早年的政治抱负，又联想到自己现实处境，以栖无定所似的沙鸥自喻，天地之大，竟没有诗人的容身之地。诗人心中愤慨至极，表达却曲折婉转，感人至深。"书怀"，实为抒发诗人心中的不平。

登岳阳楼①

　　昔闻洞庭水，今上岳阳楼。吴楚东南坼②，乾坤日夜浮。亲朋无一字，老病有孤舟。戎马关山北③，凭轩涕泗流。

【注解】
①岳阳楼：在今湖南省岳阳县。
②吴楚句：吴地和楚地被洞庭湖分割开。坼，分裂，此为分界意。
③戎马句：指当时吐蕃入侵，西北边疆战事频繁。

【赏析】
　　此诗是诗人登岳阳楼而望故乡，触景感怀之作。诗中描写登临岳阳楼看到洞庭浩瀚汪洋的壮丽景色，抒发了忧国情怀。诗的前四句写景，描绘分吴裂楚、吞吐日月的气象，突出地表现了洞庭湖的浩瀚壮阔。诗的后四句抒写了个人身世的凄凉孤寂，政治命运的坎坷，眼见国家政局动荡，自己报国无门的哀伤，表现了作者对国家兴衰的关切。这首五言诗气魄宏大，感情沉郁，真不愧为大家手笔。

月　夜

　　今夜鄜州月，闺中只独看①。遥怜小儿女②，未解忆长安。香雾云鬟湿，清辉玉臂寒③。何时倚虚幌，双照泪痕干？

【注解】
①鄜州：今陕西省富县。公元765年6月潼关失守，玄宗奔蜀州，时杜甫携家眷暂住

鄜州。7月，肃宗即位灵武，杜甫只身奔赴，途中被叛军掳至长安。**闺中**：指妻子。

②"**遥怜**"句：遥想在鄜州的可怜的小儿女们还不懂得想念在长安的父亲。

③"**香雾**"句：想象妻子月下久立，雾露润湿了她的发鬓，寒气使她的肌肤清凉。**清辉**，指月光。

【赏析】

这首诗是杜甫被安史叛军所停困在长安时所作。诗人借看月抒写离情，深刻表现了诗人对亲人真挚深厚的感情，并通过抒写战乱中的离别之苦，揭示了安史之乱给人民带来的苦难。既表达妻子的孤独凄然，进而盼望聚首相倚，双照团圆；也抒发了人民对战乱的怨忧。全诗构思巧妙，情致曲折缠绵，感人肺腑，是千古传颂的名篇。

阁　夜

岁暮阴阳催短景①，天涯霜雪霁寒宵②。五更鼓角声悲壮，三峡星河影动摇。野哭千家闻战伐，夷歌数处起渔樵。卧龙跃马终黄土，人事音书漫寂寥③。

【注解】

①**阴阳**：指日月。**短景**：指冬季日短。

②**霁**：雪过初晴为霁。

③"**卧龙跃马**"二句：卧龙跃马，指诸葛亮和公孙述等人最终也成了黄土，和他们相比，自己飘零流落，音书断绝，寂寞孤独，算得了什么。

【赏析】

这首诗是大历六年（公元766年）冬杜甫寓居夔州西阁时所作。通过雪霁寒宵的冬夜所闻所见，抒发了诗人忧国忧民的沉郁情怀。首联写西南边城岁末冬寒之夜的凄冷气氛。二联虽写景却暗含时代动荡的影子，是本篇名句。三联通过冬夜所见所闻，表现了时局仍然动乱不定，战乱给人民带来不幸。末联则由无法排遣的忧愁转为激愤。诗中抒发诗人伤乱忧民的深沉感情。

石壕吏

暮投石壕村①，有吏夜捉人。老翁逾墙走，老妇出门看。吏呼一何怒，妇啼一何苦！听妇前致词："三男邺城戍，一男附书至②，二男新战死。存者且偷生，死者长已矣③！室中更无人，惟有乳下孙。有孙母未去，出入无完裙。老妪力虽衰，请从吏夜归。急应河阳役，犹得备晨炊。"夜久语声绝，如闻泣幽咽。天明登前途，独与老翁别。

【注解】

①**投**：投宿。**石壕**：镇名，在今河南省陕县。

②**邺城**：即相州，今河南省安阳县。**附书至**：捎信回家。

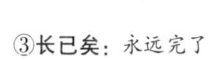

③长已矣：永远完了。

【赏析】

《石壕吏》是"三吏"中的一篇，通过写一位老妇被迫应役一事，揭露官吏的横暴、战乱时代人民的苦难。"吏呼一何怒，妇啼一何苦"，诗人从听觉的角度写出了官吏残暴的嘴脸和百姓被抓了之凄苦与无助。诗人的笔墨中饱含着对百姓的无限深情，"夜久语声绝，如闻泣幽咽。"读罢声泪俱下，感人至深。

新婚别

兔丝附蓬麻，引蔓故不长①。嫁女与征夫，不如弃路旁。结发为君妻，席不暖君床。暮婚晨告别，无乃太匆忙。君行虽不远，守边赴河阳。妾身未分明，何以拜姑嫜②？父母养我时，日夜令我藏。生女有所归，鸡狗亦得将。君今往死地，沉痛迫中肠。誓欲随君去，形势反苍黄③。勿为新婚念，努力事戎行！妇人在军中，兵气恐不扬。自嗟贫家女，久致罗襦裳④。罗襦不复施，对君洗红妆。仰视百鸟飞，大小必双翔。人事多错迕⑤，与君永相望！

【注解】

①"兔丝"二句：古代认为女子嫁了丈夫，终身就有依靠，可是嫁了军人，仍然靠不住，故以"兔丝附蓬麻"起兴。兔丝，一种蔓生的草，常依附在别的植物上，蓬麻也是低矮植物。

②"妾身"二句：古礼，妇人嫁三日，告庙上坟，谓之成婚，婚礼既明然后称姑嫜。姑嫜：即公婆。

③形势：犹言情势。苍黄：即仓皇。此句意谓在急迫的情况下，内心感到慌乱、不能决定。

④"自嗟"二句：罗襦裳，指结婚时所穿着的衣服。因为家贫，嫁衣置办不易，故云久致。致，备办。

⑤"人事"句：世间的事往往难如人愿。意谓新婚之后，不是夫妻团聚而是离别从军。错迕，错杂交迕。

【赏析】

这首诗写一对夫妇"暮婚晨告别"的惨剧。通过新婚女子的叙述，曲折而深刻地抒写了生离死别的悲哀，但由于时局危迫，她又抑制着内心痛苦，勉励丈夫努力从军。惜别劝勉，真切如见，表现出女子的善良坚贞，又识大体、顾大局。通过人物的复杂感情，隐现出杜甫忧国忧民的心情。同时从一个侧面反映了战乱和兵役给人民造成的苦难。

茅屋为秋风所破歌①

八月秋高风怒号，卷我屋上三重茅。茅飞渡江洒江郊，高者挂罥长林梢②，下者飘转沉塘坳③。南村群童欺我老无力，忍能对面为盗贼。公然抱茅入竹去，唇焦口燥呼不得。归来倚杖自叹息。俄顷风定云墨色，秋天漠漠向昏黑。布衾多年冷似铁，娇儿恶卧踏里裂④。床头屋漏无干处，雨脚如麻未断绝。自经丧乱少睡眠，长夜沾湿何由彻⑤？安得广厦千万间，大庇天下寒士俱欢颜⑥，风雨不动安如山！呜呼！何时眼前突兀见此屋⑦，吾庐独破受冻死亦足。

【注解】

①茅屋：即成都近郊浣花草堂。

②挂罥：挂结。

③塘坳：低洼积水处。

④恶卧：睡时不安静，胡蹬乱踢。

⑤何由彻：如何挨到天明？

⑥庇：覆盖。

⑦突兀：高耸的样子。见：通"现"。

【赏析】

这首诗描绘秋夜屋漏、风雨交加的情景，反映了草堂生活的一个片段。末两句忽开异境，从切身的体验，进而想到众多百姓的贫寒交加，设想大庇天下寒士的万间广厦的出现。写的是自己的几间茅屋，表现的却是诗人宁为天下人的安居而牺牲自我的可贵精神和忧国忧民的感情。

八阵图

功盖三分国①，名成八阵图②。江流石不转③，遗恨失吞吴。

【注解】

①"功盖"句：谓诸葛亮为相，建立蜀国，三分天下，功业盖世。

②八阵图：指由天、地、风、云、龙、虎、鸟、蛇八种阵势所组成的军事操练和作战的阵图，是诸葛亮的一项军事创造。

③"江流"句：历来相传，夔州有八阵图石，江流不能冲散。

【赏析】

这首诗写于大历元年（公元766年），是诗人初到夔州看到八阵图遗迹时所写的一首咏怀诗。首二句高度赞颂诸葛亮的卓著功勋，他对确立魏蜀吴三分天下起了关键性的作用，功劳盖世。后二句抒发感慨，对其事业未成寄以同情。这首怀古绝句融议论于诗中，把怀古与述怀相融为一，给人一种遗恨悠绵、余意不尽之感。

野　望

西山白雪三城戍①，南浦清江万里桥②。海内风尘诸弟隔，天涯涕泪一身遥。惟将迟暮供多病③，未有涓埃答圣朝④。跨马出郊时极目，不堪人事日萧条⑤。

【注解】

①"**西山**"句：西山在成都西，因常年积雪，又名西岭。三城，指松、维、保三州。

②**南浦**：指成都南郊外水边地。

③**迟暮**：指半老，杜甫当时50岁。**供多病**：指年老不能再有所作为，晚年全交给疾病之身了。

④**涓埃**：涓指细流，埃指微尘，比喻微末。

⑤**人事**：世事。

【赏析】

这是一首描写诗人眺望西山所生伤痛忧愁之情的诗。诗中蕴含着诗人对吐蕃侵扰的深沉忧虑，也有天涯漂泊、亲人相思的无限感慨。全诗意境壮阔悲凉，充分表现了诗人沉郁顿挫的诗风。

宿　府

清秋幕府井梧寒①，独宿江城蜡炬残。永夜角声悲自语，中天月色好谁看？风尘荏苒音书绝②，关塞萧条行路难。已忍伶俜十年事③，强移栖息一枝安④。

【注解】

①**幕府**：古时行军，以帐幕为府署，故称幕府。

②**风尘荏苒**：比喻战争不断绝。荏苒：犹辗转。

③"**已忍**"句：指战乱以后已忍受了十年的困苦生活。伶俜，困苦之意。

④"**强移**"句：强是勉强之意。杜甫当时作节度使参谋检校工部员外郎，是为了一家人的生活，只能勉强任职，以求暂时安居。

【赏析】

这首诗写于代宗广德二年（公元764年）秋，杜甫任检校工部员外郎，在严武幕府时作此诗。开头四句以诗人独宿幕府所见所闻，描写了一幅凄清的秋夜景图。后四句抒情，感事伤时，表现作者对于国事动乱的忧虑和自己漂泊流离的愁闷。因此诗人无心赏看天上美好的月色，对风尘荏苒的动乱时代自己辗转流离而愁思百结。

白居易

问刘十九

绿蚁新醅酒，
红泥小火炉。
晚来天欲雪，
能饮一杯无！

【赏析】

饮酒叙旧，古今皆为乐事。在这大雪欲飘，暮色已降的夜晚，嫣红的炉火映着新酿的绿酒，情趣盎然。围炉邀饮，酒未入喉，心已陶醉。诗人殷勤劝酒，情深义重。"能饮一杯无"清丽宛转，友人即使有诸般心事，经此一邀，想必也会慨然举杯，一饮而尽吧。"酒逢知己千杯少"。

酒意情意诗意，使人身心俱醉，意兴悠然。

后宫词

泪湿①罗巾梦不成，
夜深前殿按歌声。
红颜未老恩②先断，
斜倚薰笼③坐到明。

【注释】

①**泪湿**：犹湿透。
②**恩**：指皇帝对她的恩爱。
③**薰笼**：薰香炉子上罩的竹笼。

【赏析】

泪水湿透罗巾，好梦却难做成；
深夜，前殿传来有节奏的歌声。
红颜尚未衰减，恩宠却已断绝；
她独倚着薰笼，一直坐待天明。

本诗是古代宫人所作的怨词。语言明快自然，感情真挚而多层次，细腻地刻画了失宠宫女千回百转的心理变化。

李商隐

无 题

昨夜星辰昨夜风，
画楼西畔桂堂东。
身无彩凤双飞翼，
心有灵犀一点通。
隔座送钩春酒暖，
分曹射覆蜡灯红。
嗟余听鼓应官去，
走马兰台类转蓬。

【赏析】

"身无彩凤双飞翼，心有灵犀一点通"两句是此诗的精华，艳绝千古，传诵不衰。情人间心有灵犀相通之说，由来已久，而李商隐一语道破之。人生中能有一意相通的红颜知己，该是何等慰藉和欣喜！无怪乎有人宁爱佳人不爱江山，虽有胸无大志之嫌，却有情中圣哲之誉。

登乐游园①

向晚②意不适③，
驱车登古原④。
夕阳无限好，
只是近黄昏。

【注释】

①乐游园：本指秦时宜春苑，西汉时宣帝建乐游苑于此，故名。唐时在长安城内，为士女节日游赏胜地，在今陕西西安市南，大雁塔东北。

②向晚：傍晚。向，将近、接近。

③意不适：心情不舒畅。

④古原：即乐游原。

【赏析】

本诗三四句是深含哲理的千古名言。诗人描绘了这样一幅画面：余晖映照，晚霞满天，山凝胭脂，气象万千。诗中蕴涵了这样一个意旨：景致之所以如此妖娆，正是因为在接近黄昏之时才显得无限美好。

杜 牧

清 明①

清明时节雨纷纷，路上行人欲断魂②。
借问酒家何处有？牧童遥指③杏花村④。

【注释】

①清明：农历二十四节气之一，约在阳历四月五日左右。

②欲断魂：指心里忧郁愁苦，就像失魂落魄一样。

③遥指：指向远处。

④杏花村：杏花深处的村庄。

【注释】

清明节，传统有与亲友结伴踏青、祭祖扫墓的习俗。可是诗中的"行人"却独自在他乡的旅途上，心中的感受是很孤独、凄凉的，再加上春雨绵绵不绝，更增添了"行人"莫名的烦乱和惆怅，情绪低落到似乎不可支持。然而"行人"不甘沉湎在孤苦忧愁之中，赶快打听哪儿有喝酒的地方，让自己能置身于人和酒的热流之中。于是，春雨中的牧童便指点出那远处的一片杏花林。诗歌的结句使人感到悠远而富诗意，又显得非常清新、明快。

秋　夕①

银烛②秋光冷画屏，
轻罗小扇③扑流萤。
天街④夜色凉如水，
卧看牵牛织女星。

【注释】

①秋夕：秋天的夜晚。

②银烛：白色而精美的蜡烛。

③轻罗小扇：轻巧的丝质团扇。

④天街：天庭，即天上。一作"天阶"。

【赏析】

诗作描写一名孤单寂寞的宫女，在七月七日之夜，于百无聊赖之际，以追扑流萤来排遣孤寂的心境；到最后只好带着羡慕的眼色，仰望渡河的双星。从另一个角度看，本诗却也画出一幅"秋夕乘凉图"，抒发了宫女的活泼轻快之情。

蘅塘退士赞曰："层层布景，是一幅着色人物画。只'坐看'（应为'卧看'）二字，逗出情思，便通身灵动。"

二 唐宋词集萃

李 煜

子夜歌

人生愁恨何能免？销魂独我情何限①！故国梦重归，觉来双泪垂。

高楼谁与上？长记秋晴望。往事已成空，还如一梦中。

李煜 （937—978）初名从嘉，字重光，号钟隐、莲峰居士等，李璟的第六子，公元961年嗣位，史称南唐后主。公元975年，宋兵破金陵，南唐亡，李煜肉袒降宋，受封违命侯，后改封陇西郡公。他过了三年如同囚犯的屈辱生活，太平兴国三年（公元978年）被宋太祖毒死。李煜在政治上十分无能，文艺上却经史诗文俱通，擅长书画，精于鉴赏，妙解音律，尤工于词。

【注解】

①销魂：指极度痛苦，悲伤。

【赏析】

这首词表现了一个亡国的囚徒对往事如烟、人生如梦的领悟和悲慨。上阕写梦醒后的悲哀，下阕补叙梦中昔日的富贵繁华，反衬今日的凄凉，深切地表达了诗人极度悲痛的心境。

临江仙

樱桃落尽春归去，蝶翻轻粉双飞。子规啼月小楼西，玉钩罗幕，惆怅暮烟垂。

别巷寂寥人散后，望残烟草低迷。炉香闲袅凤凰儿，空持罗带，回首恨依依。

【赏析】

这首词写的是亡国之恨。当时处在将被攻破的围城之中，感到宗庙不保，樱桃难献。时光景物人事都处于尽、归、飞、啼、幕、残、散、空、惆怅、寂寥中，表现国运将终，大势已去的情景。

虞美人

风回小院庭芜绿，柳眼春相续。凭栏半日独无言，依旧竹声新月似当年。
笙歌未散尊罍在，池面冰初解。烛明香暗画楼深，满鬓清霜残雪思难任。

【赏析】

这首词写词人在被俘拘禁期间忧伤的心情。初春景色依旧回黄转绿，冰解雪化，但人非昔人，苦恨难忍。

王禹偁

点绛唇

雨恨云愁，江南依旧称佳丽。水村渔市，一缕孤烟细。
天际征鸿，遥认行如缀。平生事，此时凝睇，谁会凭栏意？

王禹偁　（954—1001）字元之，巨野（今山东巨野）人。他出身贫寒，宋太宗朝进士，历任长洲知县、右拾遗、知制诰、翰林学士，正直敢言，屡遭贬谪。在文学上，他反对五代及宋初的浮靡之风，主张文学韩愈、柳宗元，诗学杜甫、白居易。著有《小畜集》等，流传的词仅《点绛唇》一首。

【赏析】

这是一首寓情于景的佳作。作者把心中用世之志和无人推挽的愁闷通过对雨景和征鸿的描绘表达出来。此词情韵质朴自然，内蕴刚健，体现了他的文学主张。

柳　永

望海潮

东南形胜，江吴都会，钱塘自古繁华①。烟柳画桥，风帘翠幕，参差十万人家。云树绕堤沙，怒涛卷霜雪，天堑无涯②。市列珠玑③，户盈罗绮，竞豪奢。
重湖叠巘清嘉，有三秋桂子，十里荷花④。羌管弄晴，菱歌泛夜，嬉嬉钓叟莲娃⑤。千骑拥高牙，乘醉听箫鼓，吟赏烟霞⑥。异日图将好景，归去凤池夸⑦。

柳永　（984—1053）字耆卿，排行第七，世称柳七，福建崇安（今福建崇安）人。他本热心功名事业，但仕途坎坷，曾以词诣宰相晏殊，因内容、风格不为晏所喜而不为晏所用，后放荡不羁。景祐元年（1034）中进士，历任余杭令、盐场大使，终于屯田员外郎，世称柳屯田。柳永精通音律，善以口语俗语入词，且工于铺叙。他是大量作慢词的第一个词人，在词的发展上有重大的贡献。他的词以羁旅行役、离情别绪最为出色。作品有《乐章集》。

【注解】

①形胜：地理形势特别好的地方。都会：大都市。钱塘：今杭州。

②**堤**：指钱塘江的防潮大堤。**天堑**：天然的壕沟，喻地形险要。

③**珠玑**：泛指珠宝。

④**重湖**：此时西湖被白堤分隔为里外湖。**叠巘（yǎn）**：重叠的山峰。**清嘉**：秀丽。**三秋**：阴历九月。**桂子**：桂花。

⑤**羌管**：笛子。**莲娃**：采莲的姑娘。

⑥**千骑**：形容马队之众。**高牙**：军前大旗。此处指长官出行的仪仗。**烟霞**：借指山光水色。

⑦**凤池**：凤凰池的简称，泛指朝廷。

【赏析】

这首词描写西湖的美景、杭州的繁华和钱塘江的壮观，在当时颇负盛名。笔法大开大合，虽以铺叙见长，但又不是平铺直叙，尤其是开端、结尾和换头，都是勾勒见力，且语言妥帖，别具神韵，是柳永的一篇脍炙人口的佳作。

雨霖铃

寒蝉凄切，对长亭晚①，骤雨初歇。都门帐饮无绪，留恋处，兰舟催发②。执手相看泪眼，竟无语凝噎③。念去去千里烟波，暮霭沉沉楚天阔④。

多情自古伤离别，更那堪、冷落清秋节！今宵酒醒何处？杨柳岸、晓风残月。此去经年⑤，应是良辰好景虚设。便纵有千种风情，更与何人说⑥！

【注解】

①**长亭**：路旁亭舍，供人歇息，亦是送别的地方。

②**都门**：原指长安东门，这里指汴京。**帐饮**：郊野设帐幕宴饮送行。**兰舟**：船的美称。

③**凝噎**：喉中气塞。

④**楚天**：南天，古时长江中下游一带属楚国地界，故称之。

⑤**经年**：经过一年或若干年。

⑥**风情**：男女相爱之情。

【赏析】

这首词以悲秋为背景，抒发了与爱恋之人难以割舍的离别之情。上阕层层描述离别的场景和神态。下阕写设想中别后的思念。全词如行云流水，写尽了人间离情别恨，是婉约词的代表作。其中的"杨柳岸晓风残月"句是千古绝句。

蝶恋花

伫倚危楼风细细，望极春愁，黯黯生天际。草色烟光残照里，无言谁会凭栏意？

拟把疏狂图一醉，对酒当歌①，强乐还无味②。衣带渐宽终不悔，为伊消得人憔悴③。

【注解】

①对酒当歌：曹操诗有"对酒当歌，人生几何"句。

②强：勉强。

③消得：值得。

【赏析】

这首词抒情写景。上阕写景，层层铺叙，情景交融。下阕紧承上阕，把作者一腔无可解脱的羁旅之愁、情思之苦写得入木三分。末二句被清末民初国学大师王国维称为"专作情语而绝妙者"，"求之古今人中，曾不多见"。

少年游

参差烟树霸陵桥①，风物尽前朝。衰杨古柳，几经攀折，憔悴楚宫腰。

夕阳闲淡秋光老，离思满蘅皋。一曲《阳关》②，断肠声尽，独自凭兰桡。

【注解】

①霸陵桥：即灞陵桥。灞陵是西汉文帝陵，在今陕西长安东，唐人送别多于此地。

②阳关：唐王维诗《送元二使安西》有"劝君更尽一杯酒，西出阳关无故人"句，后来有人谱了曲，唱三遍，称《阳关三叠》。

【赏析】

柳永擅长抒写羁旅行役。这首词描绘了一幅霸陵折柳送别的情景，表现了作者客旅感怀的惆怅。"秋光老"、"断肠声尽"触发了作者岁月蹉跎、功名无望之恨。

范仲淹

渔家傲

秋 思

塞下秋来风景异①，衡阳雁去无留意。四面边声连角起。千嶂里，长烟落日孤城闭。

浊酒一杯家万里，燕然未勒归无计②。羌管悠悠霜满地。人不寐，将军白发征夫泪。

范仲淹 （989—1052）字希文，先世为邠（今属陕西）人，徙至吴县（今江苏苏州）。少时家贫，好学。宋真宗朝（公元1015年）进士。庆历三年（公元1043年）任参知政事，建议十事，行新政，遭到保守派反对，未能实现。罢政后出任陕西四路宣抚使，病逝于赴颍州途中，卒谥文正。他不仅是北宋著名的政治家、军事家，文学成就亦杰出。文章诗词，俱有名篇传世，有《范文正公集》。词仅存五首。

【注解】

①塞下：此处指西北边疆。

②燕然：山名，今蒙古国的杭爱山脉。

【赏析】

北宋政权军事力量较弱，长期以来，辽与西夏构成了边患。公元1040年范仲淹出任陕西经略副使，负抵御西夏主任达四年之久。本篇表现了作者御敌守边、建功立业的气概和抱负，同时也反映了边地之苦和思乡之情，是宋词中少有的"边塞词"。此篇意境开阔、格调悲壮，给宋初充满吟风弄月、男欢女爱的词坛，吹来了一股清劲的雄风，对以后的词风革新产生了积极的影响，是首难得的佳作。

苏幕遮

碧云天，黄叶地，秋色连波，波上寒烟翠。山映斜阳天接水，芳草无情，更在斜阳外。

黯乡魂①，追旅思②，夜夜除非，好梦留人睡。明月楼高休独倚，酒入愁肠，化作相思泪。

【注解】

①黯乡魂：因思念家乡而黯然销魂。

②追旅思：追忆旅途中的愁思。

【赏析】

这首词抒写作者秋天思乡怀人的感情。上阕写景，用"递挽"手法，使上阕的景与下阕的情连贯一气，遂成绝唱。下阕写情，表达了客思乡愁带给作者的困扰，极其缠绵婉曲。上篇刚劲、坚强，此篇却多情善感，反映了作者性格的不同侧面。这首词的"碧云天，黄叶地"是传诵千古的名句。

御街行

秋日怀旧

纷纷坠叶飘香砌①。夜寂静，寒声碎。真珠帘卷玉楼空，天淡银河垂地。年年今夜，月华如练②，长是人千里。

愁肠已断无由醉，酒未到，先成泪。残灯明灭枕头敧③，谙尽孤眠滋味。都来此事，眉间心上，无计相回避。

【注解】

①香砌：香阶，台阶美称。

②月华如练：指月光像白绸一般美丽。

③敧：通"欹"，倾斜。

【赏析】

这是一首写秋夜离人相思的词。上阕以寒夜秋声衬托主人公心境的冷寂，抒发了良辰美景无人与共的愁情。下阕淋漓尽致地写出了作者长夜难眠，无由排遣离愁别恨的情景和心态。

晏 殊

浣溪沙

一曲新词酒一杯，去年天气旧亭台，夕阳西下几时回①？

无可奈何花落去，似曾相识燕归来②。小园香径独徘徊。

晏殊 （991—1055）字同叔，抚州临川（今江西抚州）人。少年即以神童召试，赐同进士出身。累官至宰相，谥元献。范仲淹、韩琦、欧阳修都出自他的门下。一生富贵优游，所作多为歌酒风月、闲情别绪，笔调闲婉、音律谐适、词语雅丽，为宋词一大家。有《珠玉词》传世。

【注解】

① "夕阳"句：感到光阴流逝，不可追回，深深叹息。

② "无可"两句：通过花落、燕归的春去春来，写出了自己的内心感受。

【赏析】

这是一首脍炙人口的小令。上阕写持酒听新词，意兴无穷，但突然记起：去年亦是此时、此地、此情、此景，一样的柳柔花香、亭阁楼台，一样的"一曲新词酒一杯"，但"年年岁岁花相似，岁岁年年人不同"，触动诗人时日难追之慨叹。下阕写花落水流，美好事物的衰亡不可抗拒，但燕子去而复来，青春却一去不复返，诗人带着莫名的闲愁在小园花径上独自徘徊。全词不见雕琢，音调谐婉，情致缠绵，风韵天然。尤以"无可奈何花落去，似曾相识燕归来"二句著名。

浣溪沙

一向年光有限身①，等闲离别易消魂②，酒筵歌席莫辞频。

满目山河空念远，落花风雨更伤春，不如怜取眼前人③。

【注解】

①一向：一饷，一晌，片时。

②等闲：平平常常。

③怜取眼前人：唐崔莺莺诗"还将旧来意，怜取眼前人。"

【赏析】

这是一首伤别之作。反映了作者"悲年光之有限，感世事之无常；慨空间、时间的距离难以逾越，追寻已消逝的美好事物总是徒劳。"词作在山河风雨的描写中寄寓着作者对人生哲理的探索。本词语言清丽，音调谐婉，含义深蕴。

踏莎行

碧海无波，瑶台有路①，思量便合双飞去。当时轻别意中人，山长水远知何处？

绮席凝尘，香闺掩雾，红笺小字凭谁附？高楼目尽欲黄昏，梧桐叶上萧萧雨。

【注解】

①瑶台：传说中神仙居处，指陆上仙境。

【赏析】

这首词写离愁别恨，侧重"轻别"。词中从思妇内心的懊悔和近似痴迷的行动来表现深情，婉转含蓄，尽显晏殊词的特点；而结笔蕴藉，神韵卓绝，韵味深厚。

欧阳修

踏莎行

候馆梅残①，溪桥柳细，草薰风暖摇征辔②。离愁渐远渐无穷，迢迢不断如春水。

寸寸柔肠，盈盈粉泪，楼高莫近危栏倚③。平芜尽处是春山④，行人更在春山外。

欧阳修 （1007—1072）字永叔，号醉翁，晚年又号六一居士，庐陵吉水（今江西吉安）人。宋仁宗天圣八年（公元1030年）中进士。任谏官时，敢于犯颜直谏，主张政治改革，为此屡遭贬谪。后累官至翰林学士、枢密副使、参知政事。卒谥文忠。他是北宋诗文革新运动的领导人，反对浮靡的文风，奖掖后进，为北宋的文学发展作出了巨大的贡献。他在散文、诗歌、词作方面都久负盛名，是"唐宋八大家"之一。欧阳修擅长写词，与晏殊齐名，并称"晏欧"。其词多写恋情相思、惜春赏花之类，但又比晏殊的词深婉缠绵，意境更浑融。有《欧阳文忠集》，现存词二百余首。

【注解】

①候馆：迎候、接待宾客的馆舍。

②辔：马缰绳。

③危栏：高楼上的栏杆。

④平芜：平坦、伸展的草地。

【赏析】

这首词是吟咏离愁的名篇佳作。上阕写远行人在早春时离家远去，下阕写闺中人的惆怅苦闷。上阕写景为主，融情于景。马上征人，驻马回头，愈行愈远，离愁愈积愈重，如春水迢迢。下阕以抒情为主，情寓景中，写行人远行之日，正是闺中人愁苦之时，纵能登高，亦不必远眺，因为行人已在春山之外了。词作缠绵、委婉，情景双绝。

蝶恋花

庭院深深深几许？杨柳堆烟，帘幕无重数。玉勒雕鞍游冶处①，楼高不见章台路②。

雨横风狂三月暮，门掩黄昏，无计留春住。泪眼问花花不语，乱红飞过秋千去。

【注解】

①游冶处：指歌楼妓馆。

②章台：战国时所建的宫殿名，在长安。汉时是长安街名，为妓女聚居之所，后因以章台为妓女住所的代称。后又指男女情爱之地。

【赏析】

这首词描写幽居深院的少妇伤春怀人的复杂思绪。诗人以含蕴的笔法如泣如诉，凄婉动人地表现闺怨的心境。意境浑融，语言清丽。结句"泪眼问花花不语，乱红飞过秋千去"是备受赞赏的名句。

木兰花

别后不知君远近，触目凄凉多少闷！渐行渐远渐无书，水阔鱼沉何处问①！

夜深风竹敲秋韵，万叶千声皆是恨。故欹单枕梦中寻，梦又不成灯又烬②。

【注解】

①鱼沉：指音讯不通。

②烬：结灯花。

【赏析】

这首词写闺中思妇深沉凄绝的别恨。上阕表达了女主人公对远行的爱人之关切、思念和怪怨，语意委婉曲折。下阕以秋声衬托离情。"夜深风竹"句铿然有金石之声，"敲"字用得极响亮，仿佛声声敲在心头。末尾两句描写女主人公孤梦难成、长夜相思的怅惘，含情深蕴。

浪淘沙

把酒祝东风，且共从容①。垂杨紫陌洛城东②，总是当时携手处，游遍芳丛。

聚散苦匆匆，此恨无穷。今年花胜去年红，可惜明年花更好，知与谁同？

【注解】

①从容：流连。

②紫陌：洛阳城郊路。

【赏析】

这首词追忆了昔日在洛阳与友人欢聚的良辰美景，又写与友人分别后的无限惆怅。"可惜明年花更好，知与谁同？"已成一名句，脍炙人口。这首小令遣词用字凝炼酣畅，意境深，情意长，有独特的艺术魅力。

青玉案

一年春事都来几？早过了，三之二。绿暗红嫣浑可事①。绿杨庭院，暖风帘幕，有个人憔悴。

买花载酒长安市，又争似家山见桃李②？不枉东风吹客泪，相思难表，梦魂无据，惟有归来是。

【注解】
①可事：闲事，小事，可乐之事。
②争似：怎似。

【赏析】
这首词的上阕感叹人生易老，春光易逝，过时芳菲不可玩，自己心绪憔悴。下阕写主人公思乡之切。"买花载酒长安市，又争似家山见桃李……惟有归来是"，其乡愁与"不忍登高临远，望故乡渺邈，归思难收"有异曲同工之妙。

宋 祁

玉楼春

东城渐觉风光好，縠绉波纹迎客棹①。绿杨烟外晓寒轻，红杏枝头春意闹。
浮生长恨欢娱少②，肯爱千金轻一笑？为君持酒劝斜阳，且向花间留晚照。

宋祁　　（998—1061）字子京，安陆（今属湖北）人。天圣初进士，名噪一时。累迁工部尚书，翰林学士承旨，谥景文。善诗文，曾与欧阳修同修《新唐书》。

【注解】
①縠绉：绉纱，此处比喻波纹柔细。**棹**：摇船的工具，如桨之类。此指船。
②浮生：指漂泊不定的短暂。

【赏析】
宋祁因此词而得名"红杏尚书"。上阕写生机勃勃的春巷景，下阕借景抒情，表现了乐以忘忧、千金买笑、及时行乐的感慨。"红杏枝头春意闹"是脍炙人口的名句。

王安石

桂枝香

金陵怀古

登临送目，正故国晚秋，天气初肃①。千里澄江似练，翠峰如簇②。征帆去棹残阳里，背西风，酒旗斜矗。彩舟云淡，星河鹭起，画图难足。

念往昔，繁华竞逐，叹门外楼头③，悲恨相续。千古凭高对此，漫嗟荣辱。六朝旧事随流水，但寒烟衰草凝绿。至今商女，时时犹唱，后庭遗曲④。

王安石（1021—1086）字介甫，号半山，北宋临川（今江西抚州）人。宋仁宗庆历二年（公元1042年）进士，官至宰相。他大力推行新法，以图富国强兵，遭到大官僚、大地主的反对。晚年退居金陵，卒谥文。他是北宋时期的政治家、思想家、文学家。他是"唐宋八大家"之一，为文重视社会意义，讲究实用。词作不多，清新刚健，一洗五代旧习。有《临川先生文集》。

【注解】

①故国：即故都，指金陵（今南京）。初肃：天气刚刚萧肃。

②练：白绢。簇：箭头，形容山势峻峭。

③门外楼头：用唐杜牧诗《台城曲》"门外韩擒虎，楼头张丽华"的典故。

④后庭遗曲：指陈后主所作的歌曲《玉树后庭花》。

【赏析】

这首词上阕描写金陵的壮丽景色；下阕通过怀古谴责六朝君主"繁华竞逐"，相继覆亡，寓伤时之意。作者素有矫时匡世之志，主张改革政治。词中感喟当朝不修政事，武备衰弛，实有借助历史警戒当朝之意。

千秋岁引

别馆寒砧①，孤城画角②，一派秋声入寥廓。东归燕从海上去，南来雁向沙头落。楚台风，庾楼月，宛如昨。

无奈被些名利缚，无奈被他情担阁，可惜风流总闲却。当初谩留华表语，而今误我秦楼约。梦阑时，酒醒后，思量着。

【注解】

①砧：古时捣衣用的砧子。古人有秋夜捣衣，远寄边人的习俗，因而寒砧上的捣衣之声便成了离愁别恨的象征。

②画角：古代军中乐器，其音哀厉清越，高亮动人。

【赏析】

这是一首遣怀词，上阕写景，下阕抒怀。王安石政治上受挫后，不免有所反思，觉得被名利所缚，误了享受生活。全词语言平直，淡雅逸远，辞意蕴藉。

王 琪

望江南

江南月，清夜晚西楼。云落开时冰吐鉴，浪花深处玉沉钩，圆缺几时休。

星汉迴，风露入新秋。丹桂不知摇落恨，素娥应信别离愁①，天上共悠悠。

王琪　北宋词人，生卒年不祥，字君玉，华阳（今四川成都）人，徙舒（今安徽庐江）。举进士，以礼部侍郎致仕。

【注解】
①**素娥：**指嫦娥，借指月亮。

【赏析】
这是一首秋夜遣怀词。词作借景抒情，表达了相思与怅惘的心绪。结句含蓄蕴藉。

韩 缜

凤箫吟

咏 草

锁离愁，连绵无际，来时陌上初熏。绣帏人念远，暗垂珠露，泣送征轮。长行长在眼，更重重、远水孤云。但望极楼高，尽日目断王孙。

消魂，池塘别后，曾行处、绿妒轻裙。恁时携素手，乱花飞絮里，缓步香茵。朱颜空自改，向年年芳意长新。遍绿野、嬉戏醉眼，莫负青春。

韩缜　（1019—1097）字玉汝，雍丘（今河南杞县）人。庆历二年（1042）进士。历仕英宗、神宗、哲宗三朝，卒谥庄敏。

【赏析】
古典诗词中以"春草"喻离愁者，不胜枚举，但多数只是将春草作为抒写离情的一个意象。韩缜的这首词，全篇赋咏春草，多侧面地把它作为离恨的象征来描写，运笔轻灵，语调谐婉，韵致流溢。被公认为咏草的典范。

晏几道

临江仙

梦后楼台高锁，酒醒帘幕低垂，去年春恨却来时①。落花人独立，微雨燕双飞。

记得小蘋初见，两重心字罗衣②。琵琶弦上说相思，当时明月在，曾照彩云归③。

晏几道（1048—1113）字叔原，号小山，晏殊的第七子。他出身宦门，但不肯趋附权贵，耻从时俗，性孤傲耿直，所以仕途困顿，饱谙人情世态的炎凉冷暖。他的词多聚散离合感伤之作。有《小山词》。

【注解】

①却来：再来。

②心字罗衣：以心字香熏过的罗衣，亦可理解为女子衣领曲如心字。

③彩云：指小蘋。

【赏析】

这首词抒写对歌女小蘋深切的怀念之情。词的上阕写今日的相思，人去楼空，怅恨不已。下阕追忆昔日的相见。这首词意境凄迷，情感深沉，借景写情，充满了悼昔悲今的无限感喟，耐人寻味。

鹧鸪天

彩袖殷勤捧玉钟①，当年拼却醉颜红②。舞低杨柳楼心月，歌尽桃花扇底风。从别后，忆相逢，几回魂梦与君同。今宵剩把银釭照③，犹恐相逢是梦中。

【注解】

①彩袖：指歌女。

②拼却：甘愿之词。

③剩把：尽把。银釭：银质灯台。

【赏析】

这首词写晏几道与一个女子久别重逢的情景。在结构上依时间的顺序写了情事的发展过程：初欢、久别、重逢；从而描写他们的情感变化，当年的对歌尽舞，分别后的愁苦与相思，重逢的惊喜和甜蜜。全词层次分明，语言浅近，含蓄深沉，又富于形象性。

临江仙

斗草阶前初见，穿针楼上曾逢。罗裙香露玉钗风。靓妆眉沁绿，羞脸粉生红。流水便随春远，行云终与谁同？酒醒长恨锦屏空。相寻梦里路，飞雨落花中。

【赏析】

这是一首深情怀人的词作。上阕写过去相见的场合和情景。下阕写女子离开后的追思。全词情景交融，形象鲜明，感情真挚。

鹧鸪天

醉拍春衫惜旧香，天将离恨恼疏狂。年年陌上生秋草，日日楼中到夕阳。云渺渺，水茫茫，征人归路许多长。相思本是无凭语，莫向花笺费泪行。

【赏析】

这是一首抒写闺中女子思念远方征人的词作。词中以凄婉的景物描写，渲染思妇的愁苦孤独和复杂的情感世界。写出了人的挚情与心灵。末句表达了欲语还休的深重情意。

木兰花

东风又作无情计，艳粉娇红吹满地。碧楼帘影不遮愁，还似去年今日意。
谁知错管春残事，到处登临曾费泪。此时金盏直须深，看尽落花能几醉。

【赏析】

这首词抒写词人惜花伤春的情意。上阕前两句直怨东风，后两句语气转为委婉，含义隽永，言简意繁，表现了词人年年伤春而又无处可避春愁的感情。下阕用反诘自悔之词，故作自我安慰旷达之语，显出作者感情的沉痛。全词语言清丽自然，笔调曲折有致，情寓言外。

清平乐

留人不住，醉解兰舟去。一棹碧涛春水路，过尽晓莺啼处。
渡头杨柳春春，枝枝叶叶离情。此后锦书休寄，画楼云雨无凭。

【赏析】

这是一首借男女送别之情，抒写挚友分离之苦的伤情词。词的上阕写女子留不住男子，一叶小舟随着悠悠春水远去，直到消失在一片繁华的阳春烟景之中。开篇直抒胸臆，愁情顿起。下阕笔触由远及近，由写景到抒发离别的愁情，写对方竟然狠心离去，从今以后不必再通信往来了。看似无情主语，却表达了情思的极致。

思远人

红叶黄花秋意晚，千里念行客。飞云过尽，归鸿无信，何处寄书得？
泪弹不尽当窗滴，就砚旋研墨。渐写到别来，此情深处，红笺为无色。

【赏析】

这是一首怀人之作。以写"泪"表达思念的悲痛之情。词中先写泪珠尽滴，衬写相思苦，还是常事；而以泪研墨，已属异志，以泪和墨作书，更是奇想；不说红笺因泪水湿褪颜色，却说是情深而使红笺无色，以物喻人，真是巧思妙语。

苏 轼

浣溪沙

簌簌衣巾落枣花①，村南村北响缫车②，牛衣古柳卖黄瓜③。
酒困路长惟欲睡，日高人渴漫思茶，敲门试问野人家。

苏轼 （1057—1101）字子瞻，号东坡居士，北宋眉州眉山（今四川眉山）人，二十二岁中进士。他的政治态度比较复杂，也要求改革，但反对王安石的变法主张。在做地方官时，勤政爱民，做了不少于国于民有益的好事。他一生宦海浮沉，仕途坎坷。卒谥文忠。

苏轼才情奔放，为宋代杰出作家，诗、散文、词、书法、绘画均有造诣和成就。其散文与欧阳修并称"欧苏"，诗与黄庭坚并称"苏黄"，词与辛弃疾并称"苏辛"，均对当时及后世有深远的影响。由于他一生屡遭贬谪，阅历复杂深广，其作品视野开阔，风格豪迈豁达，意趣横生。为"唐宋八大家"之一。著述颇丰，《东坡乐府》存词三百五十余首。

【注解】
①簌簌：花纷纷落下的样子。
②缫车：缫通缲，缲丝的工具。
③牛衣：用粗麻或草编成，以披到牛背上。这里用以形容卖瓜者衣衫破旧粗劣。

【赏析】
这首词上阕写初夏农村的景色和人们的劳作。下阕写诗人自身的感受，将其神态、语言、动作描绘得生动逼真。给人以朴实、清新的艺术感受。

念奴娇

赤壁怀古

大江东去，浪淘尽，千古风流人物①。故垒西边，人道是，三国周郎赤壁。乱石穿空，惊涛拍岸，卷起千堆雪②。江山如画，一时多少豪杰！

遥想公瑾当年，小乔初嫁了，雄姿英发③。羽扇纶巾④，谈笑间，强虏灰飞烟灭。故国神游，多情应笑我，早生华发。人生如梦，一尊还酹江月⑤。

【注解】
①风流人物：以才华、业绩成为震撼一时、为众所企慕的人物。
②雪：形容浪花之白。
③公瑾：周瑜的字。雄姿英发：言周瑜才貌非凡。
④羽扇纶巾：羽扇，取鸟羽制成；纶巾，以青丝制成的头巾，亦有以青白织纹的白纶巾。
⑤酹：以酒浇地，作祭奠。

【赏析】
这首词是苏轼词中最具英雄气概的代表作。全词以怀古为主题，抒写了作者的人生感慨。上阕重在写景。开篇笔落大江，从奔腾江流想到古往今来的英雄人物。下阕刻画周瑜的英武和伟业。借古代英雄感叹自身的失意，光阴虚度，事业无成。作者在写景、怀古、言情中，将思想、情感、事物自然地融合在一起，全词气势磅礴，格调雄浑，展现了宏大的境界，对于豪放词派的形成产生了重大影响。

水调歌头

丙辰中秋①，欢饮达旦，大醉，作此篇，兼怀子由②。

明月几时有？把酒问青天。不知天上宫阙，今夕是何年。我欲乘风归去，又恐琼楼玉宇，高处不胜寒。起舞弄清影，何似在人间！

转朱阁，低绮户③，照无眠。不应有恨，何事长向别时圆？人有悲欢离合，月有阴晴圆缺，此事古难全。但愿人长久，千里共婵娟④。

【注解】

①丙辰：宋神宗熙宁九年（公元1076年）。

②子由：苏轼弟苏辙，字子由。

③绮户：镂花的窗户。

④婵娟：美丽的月亮。《离骚》："美人迈兮音尘绝，隔千里兮共明月。"

【赏析】

这首词作脍炙人口，是中秋词中传诵最为广泛的一首。上阕运用形象描绘的手法，勾勒出一种皓月当空、美人千里、孤高旷远的境界氛围。借月自喻清高，叙述了他的坎坷身世和思想的矛盾。下阕以圆月衬长别离，表达了对兄弟的怀念之情。全词将写景抒情和议论、传说、想象融为一体，可以说是一首将自然和社会高度契合的感喟作品。词中通篇咏月，却处处关合人事。构思奇特，蹊径独辟，极富浪漫主义色彩，是苏轼的代表作之一。

卜算子

黄州定慧院寓居作

缺月挂疏桐，漏断人初静①。谁见幽人独往来②？缥缈孤鸿影。

惊起却回头，有恨无人省。拣尽寒枝不肯栖，寂寞沙洲冷。

【注解】

①漏断：漏壶的水滴尽了，指夜深之时。漏是古代用来计时的器具。

②幽人：幽居、幽雅之人。

【赏析】

这是一首咏物寄托之作。词人以孤鸿自喻，表明了自己的不合流俗，同时反映了政治失意后的孤寂心情。托鸿以见人，自标清高，寄意深远，风格清奇冷隽。

蝶恋花

花褪残红青杏小，燕子飞时，绿水人家绕。枝上柳绵吹又少，天涯何处无芳草！

墙里秋千墙外道，墙外行人，墙里佳人笑。笑渐不闻声渐悄，多情却被无情恼。

【赏析】

这是一首伤春词。上阕写景，暗含惜春之情。下阕写人。在一派春景中，青春男女哪怕陌路而过的短暂时刻也会声息相感，情思缭乱。佳人欢笑，行人多情，表现了一种怅惘的情绪。全词寓庄于谐，婉约中见沉郁。

江城子

密州出猎①

老夫聊发少年狂，左牵黄，右擎苍②，锦帽貂裘，千骑卷平冈。为报倾城随太守，亲射虎，看孙郎③。

酒酣胸胆尚开张，鬓微霜，又何妨！持节云中④，何日遣冯唐？会挽雕弓如满月，西北望，射天狼⑤！

【注解】

①密州：今山东诸城，时作者任密州知府。

②黄：猎犬。苍：猎鹰。皆凶猛。

③孙郎：孙权，亲射虎于庲亭。

④云中：汉郡名，今内蒙古托克托一带。

⑤天狼：星名，主侵掠，这里指北宋敌国西夏。

【赏析】

这是一首写狩猎的词作。宋神宗熙宁八年（公元1075年）冬，当时宋朝受到了辽和西夏的威胁。作者在词中自比孙权射虎，而且"牵黄"、"擎苍"、"锦帽貂裘"，表现出亲自上前线保卫国疆的豪迈情怀。全词大笔纵横，写得极为壮阔雄健，是豪放派词风的代表作。

浣溪沙

游蕲水清泉寺①，寺临兰溪②，溪水西流。

山下兰芽短浸溪，松间沙路净无泥，萧萧暮雨子规啼。

谁道人生无再少？门前流水尚能西，休将白发唱黄鸡。

【注解】

①清泉寺：在蕲水城外二里远，有王羲之洗笔泉等胜迹。

②兰溪：源出箬竹山，其侧多兰，故名。

【赏析】

这是一首记游词。上阕以"兰溪"为中心，描绘暮春雨后景色，物象清奇，色调明净。下阕抒写作者感悟出的人生哲理：不必自伤白发，自叹老暮，使全词的情调由抑而扬，表现了词人的乐观自信。

黄庭坚

西江月

老夫既戒酒不饮，遇宴集，独醒其旁。坐客欲得小词，援笔为赋。

断送一生惟有，破除万事无过。远山横黛蘸秋波，不饮旁人笑我。
花病等闲瘦弱，春愁无处遮拦。杯行到手莫留残，不道月斜人散。

黄庭坚　（1045—1105）字鲁直，号山谷道人，晚号涪翁，洪州分宁（今江西修水）人。治平四年（公元1067年）进士。曾任国子监教授、校书郎、起居舍人等官职。他的诗文受知于苏轼，为"苏门四学士"之一。他是北宋著名诗人，开创江西诗派，在两宋诗坛产生了很大影响，又是著名的书法家。词与秦观齐名。现存词180余首，有《山谷集》。

【赏析】

这首词写于作者被贬谪黔州之后。词中抒写作者被贬后心情苦闷，想要借酒消愁的情绪。词作用语质朴，以俗为雅，表现了作者疏放旷达的情怀。

李之仪

卜算子

我住长江头，君住长江尾。日日思君不见君，共饮长江水。
此水几时休，此恨何时已？只愿君心似我心，定不负相思意。

李之仪　（1038—1117）字端叔，自号姑溪居士，沧州无棣（今属山东）人。宋神宗时进士，曾从苏轼于定州幕府。徽宗初以文章获罪，被贬官太平州（今安徽当涂县）。能文，尤工尺牍，词以小令见长。有《姑溪词》。

【赏析】

这首小令写离情与相思。全词以长江为贯穿始终的抒情线索，展示了一对情人的相思和离恨。词的上阕写相爱男女之间的距离，下阕寄情江水，以滔滔江水比喻绵绵相思。构思新巧别致，情味深婉缠绵，又语言明白如话，展现了独特的艺术魅力。

秦　观

踏莎行

郴州旅舍

雾失楼台，月迷津渡①，桃源望断无寻处②。可堪孤馆闭春寒，杜鹃声里斜阳暮。
驿寄梅花，鱼传尺素，砌成此恨无重数。郴江幸自绕郴山，为谁流下潇湘去③？

秦观　（1049—1100）字少游，又字太虚，号淮海居士，扬州高邮（今江苏高邮）人。宋神宗元丰八年（公元1085年）进士。哲宗时任太学博士，秘书省正字，国史院编修官。他以文学受知于苏轼，为"苏门四学士"之一，擅诗文。他是北宋大家，婉约派的重要词人，与黄庭坚并称"秦七黄九"。其词风格婉约清丽，辞情兼胜，有《淮海集》。

【注解】

①津：渡口。

②桃源：指生活安逸、合于理想的地方。

③潇湘：湖南二水名，合流后称为湘江，诗词中多称为潇湘。

【赏析】

这首词是作者被贬郴州次年所作，抒发了身处逆境的凄楚与苦衷。上阕描绘了凄迷的春景，以衬托作者暗淡怅惘的心情。下阕诉说友人的情谊使他更增离恨。末二句用比兴手法对自己不公平的命运发出痛切的呼号。此词情景交融，凄楚欲绝。

鹊桥仙

纤云弄巧，飞星传恨①，银汉迢迢暗度②。金风玉露一相逢③，便胜却人间无数。

柔情似水，佳期如梦，忍顾鹊桥归路④。两情若是久长时，又岂在朝朝暮暮！

【注解】

①飞星：指牵牛星和织女星。

②银汉：天河，银河。

③金风玉露：秋风白露。

④忍顾：不忍回顾。

【赏析】

这是一首写七夕的词。上阕写七夕所见所思。下阕描绘牛郎织女七夕相会，难舍难分。末二句尤为人们所称道，抒发了对忠贞爱情的赞美和歌颂，是传诵千古的绝妙的爱情词。

鹧鸪天

枝上流莺和泪闻，新啼痕间旧啼痕。一春鱼鸟无消息，千里关山劳梦魂。

无一语，对芳尊，安排肠断到黄昏。甫能炙得灯儿了，雨打梨花深闭门。

【赏析】

这首词塑造了一位深于情、专于情的女性形象。她独居幽闺，日日夜夜思念着远在"千里关山"之外的情人。语言清婉自然，耐人寻味。

减字木兰花

天涯旧恨，独自凄凉人不问。欲见回肠，断尽金炉小篆香。

黛蛾长敛，任是春风吹不展。困倚危楼，过尽飞鸿字字愁。

【赏析】

这首词以凄婉含蓄的笔触描写了一个女子的相思别情。上阕以篆文形的盘香比喻九曲回肠，奇妙而贴切。下阕描写女主人公盼望远人的无限愁思，表达了她的满怀深情。全词语言清丽，情致深婉。

李清照

如梦令

昨夜雨疏风骤，浓睡不消残酒。试问卷帘人，却道海棠依旧。知否，知否，应是绿肥红瘦。

【注解】

绿肥：指枝叶茂盛。红瘦：谓花朵稀少。

【赏析】

这首小词委婉地表达了作者怜花惜花的心情，也流露了内心的苦闷。词中着意人物心理情绪的刻画，以景衬情，委曲精工，轻灵新巧而又凄婉含蓄，极尽传神之妙。

黄蓼园《蓼园词选》："一问极有情，答以'依旧'，答得极淡。跌出'知否'二句来，而'绿肥红瘦'，无限凄婉，却又妙在含蓄，短幅中藏无数曲折，自是圣于词者。"

胡云翼《宋词选》里说："李清照在北宋颠覆之前的词颇多饮酒、惜花之作，反映出她那种极其悠闲、风雅的生活情调。这首词在写作上以寥寥数语的对话，曲折地表达出主人公惜花的心情，写得那么传神。'绿肥红瘦'，用语简练，又很形象化。"

《唐宋词百首详解》里说："这首词用寥寥数语，委婉地表达了女主人惜花的心情，委婉、活泼、平易、精炼，极尽传神之妙。"

点绛唇

蹴罢秋千，起来慵整纤纤手。
露浓花瘦，薄汗轻衣透。
见有人来，袜划金钗溜。
和羞走，倚门回首，却把青梅嗅。

【赏析】

最是一回眸间，有无尽娇羞、无尽可人之态。倚门偷觑，眼波流动，心理微妙却要借梅子的清香去掩饰，女儿家的心思比这青青梅子还要耐人寻味。一个动作，少女情态已是纤毫毕现。

三　外国名诗集萃

哈代

树和女士

为了我相识的那女士，
我付出了一切努力！
盛夏里，我为她遮起绿阴，
炎暑使她困乏时，我为她引来了鸣禽——
从荒野或从树林里。

在快乐的五月里，
我的风采使她着迷，我早穿上华丽的新绿：
那是我的所有。
如今的我在役使下颤抖，
冰柱儿使我更寒冷。
装扮到每根树枝上，
我把她的椅子吸引到我身边。
在那些日子里，
她总是很郁闷，我却非常珍惜她；
她默默地把我当作好朋友。

现在，我已凋零，
渴望恬静的她已离去。
霜成了我的皮肤；
明亮的星星闪耀在我上方，星光射入我的内心深处；
远去了，看不上我的她！

伤 痕

我站在山顶上
　　沉浸在西天绚丽的光景，
太阳映在云彩里
　　好像殷红的伤痕；

恰似我内心的伤痕，
　　没有一个人知道，
因为我不曾跟任何人说起，
　　谁会知道这伤痕印在我心中。

托马斯·哈代（1840—1928），英国作家，主要作品有长篇小说《德伯家的苔丝》及史诗剧《列王》等。

夏洛特·缪

我喜欢春光

我喜欢去年那春光，
　　因为有你在我身边——
　　　还有黄鹂在歌唱
你喜欢听这些黄鹂歌唱——
　　而我更喜欢你。

今年已经面目全非——
　　我不再恋你，
　　但我依然爱恋着春光——
　　　就像那黄鹂。

夏洛特·缪（1869—1928），英国女诗人，主要诗集有《农夫的妻子》等。

休 姆

秋

秋夜带着丝丝凉意——
我漫步在田野中，
远处一轮赤色的月亮挂在篱笆上，
像农夫红色的脸庞。

我一边走着，一边向它点了点头，
四周都是若有所思的星星，
脸色苍白，像城市中的孩子。

落　日

一位芭蕾舞演员，沉迷于掌声，
真不情愿走下舞台，
最后滑稽地高高翘起她的纤长的腿，
绛红内衣像胭脂云似地呈现——
在正厅头等座位一片敌意的嘟哝中。

托马斯·厄内斯特·休姆（1886—1917），英国诗人，主要诗作有《秋》、《城市落
日》等。

夏特尔

女孩和雨

一行跟
一行之间，
一首诗与
它的姊妹之间，
我的住处变暗
差不多是正午，
深蓝色的天空
好似一块挡雨板，
雨终于落下来，
轻抚女孩的伤口，
在悲伤、变形的早晨
拯救她们

盼望着下雨，
我坐卧不安，
乱七八糟、落满尘埃的家具
和我空空的钱包
在书桌上瞪着大眼睛
对着我

对于海边像我这样的女孩们，
暴风雨
滴进窗户，
冰雹噼噼啪啪砸下来击打着万物，
苍天揭开面纱，
大地上
被雨水浸透，摇摆的树木：
是我们的需要

冰凉的泪珠从天空落下
上帝，像一位苍白的园丁，为我们流泪，
泪水伴着美妙的琴音

在我们昏暗的屋子里
我们觉得很快乐，
我们搬过椅子坐在窗前
透过玻璃看着我们自己
用泪水冲洗自己
别人把我们看作云做的女人

我们在最后一阵细雨中起舞

佩内洛普·夏特尔（1947—），英国女诗人，主要诗集有《果园中的小楼》等。

蓬 热

雨

我注视着院子里不停下着的雨，
雨以变化万千姿态飘落。
好像一张纤细的、断断续续的帘幕（也可以说是一张网），
水格外充沛，
那些细小的水滴降落时略显得有些轻缓……
亭边不远处的墙上硕大的水滴汇成水柱倾泻。
有的雨点像麦粒那么大，
有的像豌豆般大小，
有的竟有子弹大。
在金属杆上，

在窗户扶手上，

雨顺流而下；

在有的障碍物下面，

雨珠像饱满的水果糖那样悬挂在空中。

雨的每一种形态都具有它特殊的风姿；

并总与一种特殊的音响相呼应。

一切都像一套精密的机械似的不停地活动着，

准确而偶然，

好似是一座大钟，

那下冲的蒸汽推动着连在发条上的巨大锤体，

不断地摆动。

无数下垂的涓涓细流着地时发出一串串美妙的音符，

水管里咕噜咕噜的响声，

和轻微的铜锣声一起奏鸣，

恰似大自然的交响乐，

既不单调，

也不乏精妙之处。

雨慢慢地停了，

好似松了发条的齿轮，

渐渐地缓慢下来，

雨停了，

这时如果太阳露出面孔，

这一切便立即消失，

展现出清新灿烂的景物：雨下过了。

法国梧桐

你那朴实的身躯安静地站立在法国街市两旁，你那线条清晰的树干平静地舍弃了皮壳的平凡。

你大大张开的叶子，似颤抖的手掌跟大空搏斗。

你的古老的小小球果，在枝头随风飘荡。

它们有的坠落在尘土飞扬的路旁；有的被吹到瓦楞上

你默默地忠于职守从容而安详；你无法决定它们的命运，于是把它们撒开，希望有一个后代能继承朗格多克的这番风采。

永远，永远是一片法国梧桐的碧绿浓荫。

弗朗西斯·蓬热（1899—1988），法国诗人，代表作有《对事物的偏见》等。

许 勒

情 歌

你离去后，
城市就失去了它的喧嚣。

我采撷
你留在棕榈树下漫步的
倩影。

我禁不住时常哼起
依附在树枝上微笑的曲调。

你再次倾慕起我来——
我该与谁表述我得意的情怀？

向一位单身的女士，或一位
在回声中聆听幸福的新郎。

我始终明白
何时你在思念我——

那时我的心绪似一个孩子，
高声呼喊。

在街道的每扇门前，
我停留，浮想……

在房屋的每堵墙上，
我协同太阳勾画你的俊美。

可我立在你的画像前
变得萎靡消沉。

我环抱着细长的柱子，
直到它摇之欲坠。

四处是奇罕的野兽，
我们热血浇铸的花朵。

我们隐匿于神圣的苔藓中，
苔藓由金羔羊的毛生出。

倘若有一只老虎
把它的身躯，伸展到
阻隔我们相守的远方，
像离我们最近的一颗星那样，

你的气息，早就
漂荡在我的脸上。

　　埃尔泽·拉丝克，许勒（1876—1945），德国女诗人，代表作有诗集《斯堤克斯河》、《第七天》等。

伯　尔

我的缪斯

我的缪斯站在角落
她把我看不上的物品
慷慨地给予每一个过客
当她高兴的时候
她把我喜欢的赠给我
她高兴的时候实在太少

我的缪斯住在寺庙
她的房间里黑魆魆
铁条栅栏编有双层
她在情人的怀抱里
为我反复说情

我的缪斯是工人
每当她下了班
都要我陪她一起去跳舞
这段时间
我自己的工作正忙

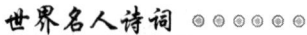

我的缪斯是个老太婆
她指着鼻子教训我
厚厚的嘴唇喳喳叫
无法形容的蠢
蠢得无药可救

我的缪斯是个管家婆
在她的橱柜里存放的
不是衣服物品而是词组
她很少开柜门
拿点东西送给我

我的缪斯和我一样
也患着麻风病
我们热烈地亲吻着
一边吻落唇上的片片雪
一边不停地夸赞对方纯洁

我的缪斯是个德国女人
她没有本领保护我
只有当我用毒龙血浸身时
她把手放在我的胸前
我于是十分虚弱

海里利希·伯尔（1917—1985），德国作家，主要作品有《一声不吭》等。曾获诺贝尔文学奖。

勃洛克

透明的、无法形容的影子

透明的、无法形容的影子
飘向你，你也和它们一起飘，
你让自己扑到——我们无法理解的、
湛蓝色的梦的怀中。

绵延不绝的风暴
展现在你面前，

碧海、绿野、丘峦、森林，
鸟儿在自由的天空互相召唤，
云雾弥漫，天空现出红晕。

而在这地面上，泥土里，卑贱中，
霎时间，他看到了你不朽的容颜，
默默无闻的奴仆充满着灵感，
赞扬你，你对他却不理不睬。
在人群中你认不出他，
不会给他一脸笑容，
当时，他人正在后面追望，
刹那间感觉到你的永恒。

我走进昏暗的教堂

我走进昏暗的教堂，
做完简单的仪式。
我等候美少妇的来到，
红色的灯光闪烁。

在高大圆柱的阴影中
吱呀的门声使我惊颤。
直面对着我的——
惟有闪耀的神像，惟有她浮现在梦。

啊，我已看惯高傲的永不改变的妻
身披这样的法衣！
微笑、童话和梦
顺着屋檐高高地远去。

啊，圣女，烛光是如此的悦目，
你的容颜又是多么的愉悦！
我没有听到叹息，没有听到人语，
但我坚信：亲爱的——是你。

亚历山大·亚历山德罗维奇·勃洛克（1880—1921），俄罗斯诗人，主要作品有诗集《美妇人》、《白雪假面》及长诗《十二个》等。

别 雷

夜

正如春天的绚烂已经过去，炽热的暑热也已远离。
白白寻觅着安宁：安宁却依旧无影无踪。
海顿像爱打闹的浪一般在屋中怒吼，
像令人激荡的浪一般冲向高空。

因鄙夷命运而困顿的你，
高傲地隐匿。暗淡、枯黄、委靡的
风儿在草丛上缓缓地走过；它长长的叹息着
击打灰暗的农舍中那污浊的窗玻璃。

多么寂寥！周围是多么静谧！
多么轻薄，暗淡的霞光！
像大家一样，你也会散去，我的朋友，可怜的朋友。
为什么心中的大海又波涛汹涌？

雨，下吧，使劲地下吧，骚乱吧，狰狞的松林！
树木迷人的叹息多么的使人诱惑。
夜之随和的目光默默地诉说，
远处的风声，沉默的苦痛。

　　安德列·别雷（1880—1934），俄罗斯作家，主要作品有诗集《蓝天中的黄金》和长篇小说《彼得堡》等。

柯秋科夫

无 题

缠绵的秋雨终于停了。
一个起早赶路的人行色匆匆。
一切没有变！但这不是俄罗斯……
根本不是俄罗斯啊，我的上帝！

都是谎言！真理更是双倍的谎言！
早起的路人消失在街角。
傍晚时他又会在那里出现，

醉醺醺，呆直的眼如同死人。

他会直直地站在我面前，
故作清醒地寒暄说：
"喂，你，等一等！我们认识！
你好像曾经在俄罗斯住过？"

他得意地冲淡去的晚霞一笑，
好像在空中迎接夜幕的来到。
可我还没来得及回答，他就
如烟中的火焰，脸色变得晦暗。

无　题

非凡的世界穿过地心，
冰凉的铃兰花绚然盛开。
一头削尖的山杨树棍刺入
藏花大地阴影中的胸腔。

灵魂用尽全力，希望
永远都不改变自己的样子。
春天的山杨幽暗的叶子
显出一种脱俗的静谧。

琴弦断在雾中，
突来的疼痛扎透心脏，
失去灵魂的爱情向往
与灵魂在一起，互相依偎。

　　列夫·柯秋科夫（1947—），俄罗斯诗人，著有诗集《对开的列车》、《爱的恐惧》、《在蛇镜中》、《在孤独的人群中》等。

马　林

我羡慕杨梅

我羡慕杨梅
她静静地开着花儿，
向太阳奉献出满腔恋情
在湛蓝的天空。

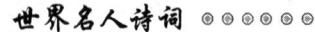

她从来不发出一声怨言，
即使在大雨肆虐的时候；
她翘望在风雨中
守候远方传来的佳音。

她默默地期待
太阳赠予灵感
使她成为诗人，
超脱嘈杂的红尘。

从地下涌起　不羁的渴念，
——如飞燕
冲向蔚蓝的天空。

比亚乔·马林（1891—），意大利诗人，代表作有《夜的歌音》等。

马尔莫利

你的脚印依旧鸟兽的一样细

你的脚印，仍和受惊的
鸟兽，和它突突的心跳，一样细——
只在记起你的时候，
或者你那打我的纤细的手——
它消失了。依旧是你，我神秘莫测的人。
可我至少知道你是无拘的，你使
我的人生充满冒险精神，传说中的
抓痕。狐狸的足迹
踏过明天的雪。

贾恩卡洛·马尔莫利（1926—），意大利诗人，主要诗集有《诗歌》等。

叶　芝

当你老了

当你老了，两鬓斑白，睡意沉沉，
炉火旁瞌睡，请诵读这部诗歌，
慢慢读，回想你过去眼神的柔和，

回想它们往日浓重的阴影；

多少人爱你青春欢愉的时光，
倾慕你的美丽，假意或真心，
只有一个人虔诚地爱着你的灵魂，
爱你衰老了的脸上满布的皱纹；

低下头来，在火光闪耀的炉子旁，
黯地轻诉你那爱情的消逝，
在头顶的山上它缓缓踱着步子，
在群星中间隐藏着脸庞。

柯尔庄园的野天鹅

树林里一派秋天的盛景，
林中的小路不再泥泞，
深秋的黄昏笼罩的流水
把寂静的天空映照；
汩汩的流水间隔着石头，
五十九只天鹅自在地浮游。

从我最初为它们计数，
这已是第十九个秋天，
我发现，计数还没有结束，
猛一下飞上了凌霄，
大声地拍打着翅膀盘旋，
勾画出美丽苍劲的圆圈。

我见过这群美丽的天鹅，
如今却叫我伤心，
全变了，自从第一次在池边，
也是个黄昏的时分，
我听见头上翅膀拍打声，
我那时脚步还轻盈。

还没有厌倦，一对对情侣，
友好地在冷水中游曳，
或者向天空奋力地飞升，

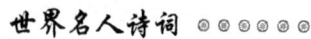

它们的心灵还年轻,

也不管它们去哪儿浮行,

总有着激情和雄心。

它们在静寂的水上浮游,

那是何等的神秘和美丽!

有一天醒来,它们已飞去,

在哪个芦苇丛筑居?

哪一个池边,哪一个湖滨,

取悦于人们的眼睛?

威廉·勃特勒·叶芝(1865—1939),爱尔兰诗人和作家。主要诗作有《当你老了》、《茵纳斯弗利岛》、《在学童中间》等。他在1923年获诺贝尔文学奖。

加索斯

桃金娘树

我心中的大海,

一座爱的园林,

我挂上我的帆

去把天堂探寻。

在开阔的窗前

桃金娘在微笑;

倦于行路的我

孩子一般求道:

神圣的桃金娘,

请帮助我寻找

一点水和泥土,

好给情鸟筑巢。

在开阔的窗前

桃金娘树哭了,

当我挂上船帆

去把乐园寻找。

罗 洛 译

尼科斯·加索斯（1914—），希腊诗人，代表作有《阿摩戈斯岛》等。

马丁松

在边界

沙和海，
朝下看的眼睛。
目光追随着蚂蚁，
思想同它在沙滩上游戏。
海边的黑麦磨着自己的小刀。
蚂蚁爬着，悄悄远离了大海。
袒露的日子，涛声也重了。

李 笠 译

哈里·马丁松（1904—1978），瑞典诗人，主要诗作有《游牧人》、《蝉》等。

里夫贝里

柳树下

我们重逢在柳树下
一个莫名其妙的夏天的早晨
带着那些乌鸫的狂妄自大
来自每个屋顶。

我们手拉手站着
并且自信
这是不会遗忘的；
鸟和枝条
那悬空的摇荡。

我们说到丹麦的光线
而你用指头沿着屋脊比划，
直到乌鸫那
轮廓模糊的终点。

我们用鸟来估量自己的生活。

131

于是我们停止谈论。
我们进去时，我感到——
基于那种甜蜜的嫉妒——
虽然我们离去
它们仍在歌唱。

石　默　译

克劳斯·里夫贝里（1931－？），丹麦诗人，代表作有《冲突集》等。

拉尔森

睡眠者

有时我站起来，
我便好好睡一觉，或坐下
这样也行，
有时我躺下，便好好
睡一觉，
不管我在工作还是度假，
我好好睡一觉，
有时我等着接通
一个国外的电话或梦与
现实的无数呼喊声，
在继父们与孩子们中间，
我便好好睡一觉，有时
我望着那些充满火的
活力的画，我便好好睡一觉，
有时我看到房屋倒塌，
夜莺挥霍，民族挨饿，
人们把感情说成是谎言的
最可靠的标准，我便好好睡一觉，
无论站在机器旁，还是在
给我的家添生气的大喇叭附近，
我好好睡一觉，
我的双手由于天天镇静地操纵机器
变得僵硬，变得不由自主，

我不顾那聚精会神工作的命令，

茫然凝视的目光

进入旋转着的大大小小的轮子中，

我便好好睡一觉，我腰酸背疼

有空我便好好睡一觉，可

我从不迟到

我升级加薪。

石　默　译

玛里安妮·拉尔森（1951—），丹麦女诗人，代表作有《矛盾》、《行动》等。

伊耶什

地球上

抚摩你年轻的身体，

我的手便在

抚摩世界，

抚摩大地，

抚摩宇宙万物。

空中，斑痕点点的月亮，

银河中的撒哈拉，

似乎不再遥远，

也不再用冷漠

回答我双臂的召唤。

重重忧虑已无法把我缠绕，

只是因为，纵使绝望，

我也有神圣的尺度——

我的预感逾越了一切，

跨过冰冷的地域，

抵达心灵难以企及的远方——

我还将建造一座房，

充满女性的气息，

比星辰更为久长的光

将洒在它的床头和窗前。

高 兴 译

伊耶什·久拉（1902—1983），匈牙利诗人，主要诗集有《沉重的土地》、《一切都可能》等。

拉 缪

村 庄

那是一个小村庄，掩映在
绿树群山间；
它在胡桃树下
悠然过着平静的生活；
它有美丽的果园和麦田
还有金花菜和苜蓿，
红红黄黄开在草地里，
一块块铺得零乱不一；
小村向树林延伸，依山坡舒展
直到溪水流淌的小山谷，
夜晚溪流淙淙
显得更加宁静。

小村的天空在女人的眼中，
话语里响着洗衣池的水声；
人们下地穿的大鞋上
沾着小村的泥土；
迷失在没有出口的小径上，
却蓦然现出山湖、白雪
和粼粼波光；
晚上归来，小村蜷在
教堂的身旁，
熄灯的钟声迟疑、不安
在夜色里垂落、回荡。

陈 玮 译

房 子

那些拱顶的老房子

像操劳过度的老祖母

两手搭在膝上

坐着；

新房子却鲜艳又美丽，

像搭着披肩的少女

刚跳过舞，

颈上插枝玫瑰小憩。

玻璃窗上余晖闪耀，

雾气已经氤氲

丝丝束束缠缠绕绕

在胡桃树上

织着大大的蜘蛛网。

当夜晚来临，

钟楼里发条喀嚓钟锤落下——

从屋顶向田野轰鸣的钟声——

一下子

把所有的房子惊醒。

陈　玮　译

夏尔·费迪南·拉缪（1878—1947），瑞士法语诗人。他的诗歌集有《小村庄》。

夏帕兹

逃　兵

蓝布条

给了眼睛。

白毛巾

给了心。

将由我的战友

把我杀死

在天色拂晓的时分。

把心脏当作野味

给我的女友。

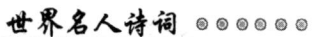

给我的母亲述说一个故事：
我在某个地方当国王。

告诉神甫说天国乐园的那一位
我依然爱他。

一通乱枪！

余中先　译

疯　子

当我们彼此杀戮
上帝宽恕我们。

父亲在我们身上放了一颗开花弹。
疯子们农庄起火
小仆人，
火它能放松。

一个吊在一棵春天的樱桃树上
因为天气太晴朗。

另一个把炸药
放进了嘴里：

散一散人群！
散一散父亲和母亲！

余中先　译

莫里斯·夏帕兹（1916—），瑞士法语诗人。他的诗集有《夜的翠绿》等。

阿伦茨

夜　里

夜里
我捏碎了一只虱子：
咔。

不光传进
我的耳朵

或我这间房子。

在地球
每一处
有人烟的所有地方
嘴巴都说：
咔。

咔，咔。
妈的，
扬·阿伦茨捏碎了
一只虱子的脊骨。

马高明　柯　雷　译

乌黛丝

我的名字……

我的名字，我并不认识它。
奥西利斯把它们扔进了尼罗河底。
雅威把它带到了高山之巅。
佛教徒把它埋在了大树底下。
耶稣在咽气时说出了它。

可我并没有去过那些地方。
我也什么都没听见。
从此，我就在寻找我自己。

胡小跃　译

李丽安娜·乌黛斯（1930—），比利时诗人，代表诗集有《芦荟》等。

瑟德格朗

爱　情

我的灵魂是一件衣服，有着天空的淡蓝色。
我把它扔在海边的礁石上，
赤裸着走向你，用一个女人姿势，
我坐在你身旁，用一个女人姿势，

137

喝着一杯葡萄酒，吮吸玫瑰的芳香。

你发现我很美，如同你梦中见过的一样。

我忘记了一切，忘记了我的童年、我的故乡。

我只知道你的抚摸将我捉住。

你笑着拿来一面镜子，叫我照照自己。

我看见我的臂膀，

是一团正在碎裂的泥块。

我看见我的美所患的疾病，它只有一个愿望——消失。

啊，请把我紧紧搂在你的怀里

使我不再有任何奢望。

李　笠　译

埃迪特·瑟德格朗（1892—1923），芬兰诗人，代表作有诗集《九月的诗琴》、《玫瑰的祭坛》等。

斯塔夫

童　年

描述古井、残钟、阁楼的诗文，

没有人演奏的沉默的破提琴，

夹着枯花的发黄的书本——

都是我童年最具魔力的莽林……

童话……我捡到的钥匙旧得生了锈，

它说，钥匙是一种奇异的礼品，

能给我打开贵族神秘紧锁的大门，

我进去——却是凡·戴克画上苍白的王侯。

后来我捡到一盏神灯，

在墙壁上映出奇幻的图影，

我还收集邮票，多得数不清……

如同到世界上发疯地游览，

把普天下各个角落都走遍……

那些甜蜜的梦，跟幸福一样荒诞……

易丽君　译

诗的艺术

一个回声发自心底，难以捉摸，
它冲我喊叫："快快抓住我，
乘我尚未变得苍白，尚未失落，
尚未变成淡蓝、银灰、透明、五色！"

我匆匆抓住它如同抓住一只蜻蜓，
不是为了让世界对它的奇特吃惊，
而是为了这一刻变得有声有色，
为了朋友们能理解我这颗心。

但愿诗歌都发自爱的琴弦，
旋律、音韵悠扬而淡远，
像两双对视的眼睛一样明澈，
像兄弟握手一样朴实自然。

易丽君　译

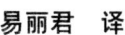

　　莱奥波尔德·斯塔夫（1878—1957），波兰诗人。他的主要诗集有《灵魂的一天》、《会响的贝壳》等。

霍　朗

她问你……

一个年轻的姑娘问你：什么是诗？
你想对她说：诗，也可以说是你，哦，是的，也可
以说是你
心中又是慌乱又是惊喜，
意味着眼前出现了奇迹，
你丰满的美使我痛苦、妒忌，
而我不能吻你，不能与你共枕同床，
我两手空空，一个拿不出献礼的人
他只有歌唱……

可是这番话你没有对她说出，你默默无言，
这支歌儿她于是不曾听见。

杨乐云 译

弗拉迪米尔·霍朗（1905—1980），捷克诗人。他的主要诗集有《吹拂》、《同哈姆雷特度过的晚上》等。

豪 格

螺 壳

你为自己灵魂建屋。
你自豪地移动
在星光下
像蜗牛一样
背着你的屋子。
当你感到危险
就躲进屋里
在厚厚的
壳里
得平安。

你逝去后
你的屋子
留存
成为你灵魂之美的
物证。
而你的孤独的海
仍在其中
喃喃。

飞 白 译

真 理

真理是一只怕羞的鸟，
一只大鹏鸟
翱翔在时间之外——
不是在时间之前
就是在时间之后。
有人说

根本没有这样东西；
而见过她的人
则不作声。
我从不认为真理
是家禽；
如果她是的，
你就能任意抚弄她的羽毛
而不至于把她逼进屋角
以猫头鹰的眼与爪反抗。
其他人众说纷纭，
说真理是冰冷的刀刃，
说她是阴
又是阳，
是草里的蛇
或是鹰背上的鹡鸰
自诩飞得最高。
而我看见
真理死了：
双眼凝固，恰似冻兔。

飞　白　译

奥拉夫·豪格（1908—），挪威诗人，代表作有《不要带来全部真理》等。

斯特内斯库

追　忆

她美丽得犹如思想的影子——
她的后背散发出的气息
像婴儿的皮肤，像新砸开的石头，
像来自死亡语言中的叫喊。

她没有重量，恰似呼吸。
时而欢笑，时而哭泣，硕大的泪
使她咸得宛若异族人宴席上，
备受颂扬的盐巴。
她美丽得犹如思想的影子。

茫茫水域中，她是惟一的陆地。

高 兴 译

尼基塔·斯特内斯库（1933—1983），罗马尼亚诗人。他的主要作品有诗集《情感的形象》、《时间的权力》及散文集《微风》等。

庞 德

这是一小时

"不管怎样，谢谢你。"接着便转过身
就像风拂动花时，阳光
从悬垂的花枝上陡然消失，
她迅捷地离开我。不，不管怎样
这一小时阳光灿烂，至尊的神
也无法夸耀有更美好的东西
能超过静观这一小时的过去。

李文俊 译

艾兹拉·庞德（1885—1972），美国诗人，批评家，主要诗集有《神州集》、《诗章》等。

艾 肯

在音乐演奏会中

不要作声：当音乐在我们周围涌升，这消魂的感觉
　　高耸入天，像整个森林的树叶和小鸟在歌唱，
为我们的心房烦乱的跳动所造成，只有一刹那，
　　却远超过语言的力量。

在你不作一声，静听的时候，我却从你逃离，
　　飞奔而逃，经由那明亮的树林中的一条秘径，
逃向另一段已经忘却的时光，另一个女子，
　　还有另一个不同的心境。

那时候，清纯如代数、令人消魂的音乐，
　　也曾在我们周围建造一片鸟声迷人的丛林。
那时候，同现在一样，我也曾逃向一段更早的时间
　　一个更明亮照人的爱人。

唉！难道我永不能在这辉煌的时刻里获得宁静？

一片坚硬、光明如水晶的存在，在时和空当中？
难道在现在的时刻，我一定要触及回忆中另一段时光，
　　回忆中的另一个面容？

解除我的束缚：如果我能从这音乐的力量
　　得到解答：我会向你膜拜，仅仅为你本身；
我会在这世界嘈杂混乱的交响乐里，回答
　　你独一无二清楚的声音；

可是，唉，因为你是一切，所以也就是虚空；
　　我整个一生的历史你都一一映上你的脸庞；
而我所能抓着的却是一个更早、更迷人的时刻，
　　一个快乐得多的地方。

林以亮　译

康拉德·艾肯（1889—1973），美国诗人，主要作品有《选》、《诗合集》等。

洛威尔

我从前的爱人

我从前的爱人，我的妻子！
还记得我们那张鸟类名单吗？
去年夏天的一个早上，我开车
经过我们在缅因州的房子，
它还在它那山顶上——

现在，门框上方炫耀似的
挂着一穗红色的印第安玉米。
一根旗杆，悬挂着有十三颗星星的
国旗。房子的外墙
暗红色，学校楼房的那种红颜色。

屋内，一位新主人，
一个新妻子，一把新扫帚！
大西洋海岸古董店的
锡器和家具
在每间房间里闪闪发光。

新的阵线！

现在，不必再奔到隔壁
给警长打电话
要他的出租汽车去巴斯
去州立烈性酒店！

没有人看见你那鬼魂似的
想象中的情人
在窗外向内凝望，
然后紧一紧
颏下的围巾。

祝新人们健康长寿，
他们的旗帜健康，他们在山上的
经过修复的老房子健康长存！
一切都打扫得干干净净，
家具齐全，布置一新，通了风，透了气。

现在，一切都变得十分美好——
当年，我们是多么的战战兢兢，何等的凶狠，
有一回，大雪把我们困在屋内，
我们埋头在书的帐篷里，
怒气冲天，真像马蜂！

可怜的鬼魂，我的老爱人，
用从前的嗓门说话吧，
你的声音充满灼热的洞察力
使我俩整夜未能入睡。
我们同床却不共衾，

终于听见铲雪车
呻吟着爬上山坡——
红色的光亮，蓝色的光亮，交替闪烁，
铲雪车把积雪
抛向道路的一侧。

陶 洁 译

　　罗伯特·洛威尔（1917—1977），美国诗人。他的主要诗集有《威利爵爷的城堡》、
《人生写照》等。

辛普森

晨　光

晨光中一条线路
伸展永远。我忘却的生命在那里
升起，而我
紧抓着王座的阶陛抵抗。

白昼掀起山峦上的黑暗，
一柄闪亮的锋刃刈割芦苇，
而我的生命，无情地要求着，
永远在晨光中升起。

傅　浩　译

路易斯·辛普森（1923—），美国诗人，主要诗集有《大路尽头》等。

埃贝尔

夜

夜
夜的静默
流遍我的周身
如海底汹涌的潜流。

我卧于这瘖哑绿色的水底
听见我的心
发送它的光和幽暗的信号
如同一座灯塔。

一种无声的节奏
一个秘密的数码
我译解不出任何谜。

在光的每一次闪烁中
我闭合双目
为了保持黑暗的延续
静的无穷无尽
将我吞噬。

汤 潮 译

安娜·埃贝尔（1916—），加拿大法语女诗人、小说家，代表诗集有《王陵》等。

莱 恩

走进暴风雪

看得出他是个白人。
他沿着小路走进风中
让他的左边

忘掉右边所知道的
寒冷。他的两耳
把他眼睛看不见的东西

当作死亡。一整天
他都离开太阳
走进暴风雪之中。不要

错当他是你听见的嚎叫
或者是你脚下的
小路。在雪地里发现一个白人
等于寻找死人。
他已经被风所烧化。
他把太多的皮肉留在

冬天金属般的白雪上
好留下他的颜色作为标志。
寒冷的白色。冰冷的肉。

他沿着小路走进风中；
无情地消灭左边的一切
疯了般走进大雪之中。

张冠尧 译

帕特里克·莱恩（1939—），加拿大诗人，主要诗集有《新诗及诗选》等。

穆蒂斯

奏鸣曲

时间又一次将你带入

我梦幻葬礼的包围圈。
你泛着盐霜潮润的肌肤，
你蒙着昔日阴影的眼睛，
与你的声音，你的秀发共入我梦中。
姑娘，时间辛勤劳作，
如母狼将幼崽埋葬，
如空气将猎枪锈蚀，
如水藻将船的龙骨附着，
如长舌将睡梦者的盐花舔干，
如潮气从矿井中升腾，
如列车在荒漠的夜色中飞奔。
它不起眼的劳作滋养我们，
像基督徒的面包，
或犹太人区的狂热烤干的陈肉。
在时间的庇荫下，我的女友，
缓缓流淌的溪水送还我
对你的记忆，
帮我挨过每日的光阴。

郑书九　译

聂鲁达

情　诗（第二首）

阳光用即将逝去的火焰将你遮笼。
你面色苍白、冥思苦索、忧心忡忡。
背向黄昏中古老的风车
它的翅膀在你的周围转动。

我的女友，沉默不语，
在这死亡的时刻孤孤零零
但又充满火的活力
将毁掉的日子纯洁地继承。

一束阳光落在你深色的衣裙。
突然从你的灵魂
长出黑夜的粗根，

你心中隐藏的事物重又表露
一个刚刚诞生、苍白、蓝色的村镇
便从你那里汲取养分。
啊，黑暗与光明交替的女仆，
伟大、丰满、像磁铁一样：
昂首挺立，使创造力如此兴旺——
落英缤纷又充满忧伤。

赵振江　译

巴勃罗·聂鲁达（1904—1973），智利诗人，代表作有《漫歌》、《西班牙在我心中》等，获1971年诺贝尔文学奖。

池田大作

梦

过去是一场梦
未来也是一场梦

过去的梦
如冷月寥寂
燃不起热情的火焰

未来的梦
如喷薄的朝阳　万丈光芒
激动人心的理想

卷民钦　译

池田大作（1928—），日本诗人，社会活动家。他的诗歌代表作有《森崎海岸》等。

泰戈尔

诗　选（十）

我相信我有一句话要对她说
当我们的眼光在路上相遇的时候。
但是她走过去了，而这句话
日夜地
像一只空船在时间的每一阵波浪上
摇荡——

那句我要对她说的话。

它好像在无穷尽的追求中
在秋云里航行
又开放成晚间的花朵
在落日下寻找它失去的语言。

它像萤火般在我心头闪烁
在绝望的朦胧中
寻求它自己的意义——
那句我要对她说的话。

冰 心 译

飞鸟集（节选）

如果错过了太阳时你流了泪，
那末你也要错过群星了。
不要因为峭壁是高的，而让你的爱情坐在峭壁上。
你看不见你的真相，你所看见的，只是你的影子。
"我们，萧萧的树叶，都有声响回答那暴风雨，
但你是谁呢，那样的沉默着？"
"我不过是一朵花。"
啊，美呀，在爱中找你自己吧。
不要到你镜子的谄谀中去找呀。
群星不怕显得像萤火虫那样。
人在他的历史中表现不出他自己，
他在历史中奋斗着露出头角。
当我们是大为谦卑的时候，
便是我们最近于伟大的时候。
谢谢火焰给你光明，
但是不要忘了那执灯的人，
他是坚忍地站在黑暗当中呢。
小草呀，你的足步虽小，
但是你拥有你足下的土地。
错误经不起失败，但是真理却不怕失败。
我们把世界看错了，反说它欺骗我们。
大地借助于绿草，显出她自己的殷勤好客。

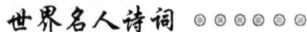

绿草是无愧于它所生长的伟大世界的。

蜜蜂从花中啜蜜，离开时营营地道谢。

浮夸的蝴蝶却相信花是应该向他道谢的。

如果你把所有的错误都关在门外时，真理也要被关在外面了。

夜秘密地把花开放了，却让那白日去领受谢词。

当我们以我们的充实为乐时，

那末，我们便能很快地跟我们的果实分手了。

果实事业是尊贵的，花的事业是甜美的，

但是让我做叶的事业罢，叶是谦逊地专心地垂着绿阴的。

真理之川从他的错误之沟渠中流过。

小花问道："我要怎样地对你唱，怎样地崇拜你呢，太阳呀？"

太阳答道："只要用你的纯朴的、简朴的沉默。"

当人是兽时，他比兽还坏。

虚伪永远不能凭借它生长在权力中而变成真实。

我们在热爱世界时便生活在这世界上。

爱就是充实了的生命，正如盛满了酒的酒杯。

我曾经受苦过，曾经失望过，曾经体会过"死亡"，

于是我以我在这伟大的世界里为乐。

罗宾德拉纳特·泰戈尔 (1861—1941)，印度诗人，主要诗集有《吉檀迦利》、《新月集》、《园丁集》、《飞鸟集》等。他在 1913 年获诺贝尔文学奖。

惠特曼

自由之歌

我赞美我自己，歌唱我自己，

我所讲的一切，将对你们也一样适合，

因为属于我的每一个原子，也同样属于你。

我邀了我的灵魂同我一道闲游，

我俯首下视，悠闲地观察一片夏天的草叶。

我的舌，我的血液中的每个原子，都是由这泥土，这空气构成，

我在这里生长，我的父母在这里生长，他们的父母也同样在这里生长，

我现在是三十七岁了，身体相当健康，

希望继续不停地唱下去直到死亡。

教条和学派且暂时搁开，

退后一步，满足于现在它们所已给我的一切，但绝不能把它们全遗忘，

不论是善是恶，我将随意之所及，
毫无顾忌，以一种原始的活力述说自然。

华尔特·惠特曼（1819—1892），美国杰出的民主诗人。

普希金

我曾经爱过你

我曾经爱过你：爱情，也许
在我的心灵里还没有完全消亡，
但愿它不会再打扰你，
我也不想再使你难过悲伤。
我曾经默默无语、毫无指望地爱过你，
我既忍受着羞怯，又忍受着嫉妒的折磨，
我曾经那样真诚、那样温柔地爱过你，
但愿上帝保佑你，另一个人也会像我爱你一样。

亚历山大·谢尔盖耶维奇·普希金，1799 年 6 月 6 日出生于莫斯科，1837 年 1 月 29 日逝世于圣彼得堡，是俄国著名的文学家、伟大的诗人、小说家，现代俄国文学的创始人。

海 涅

乘着歌声的翅膀

乘着歌声的翅膀，
心爱的人，我带你飞翔，
向着恒河的原野，
那里有最美的地方。
一座红花盛开的花园，
笼罩着寂静的月光；
莲花在那儿等待
它们亲密的姑娘。
紫罗兰轻笑调情，
抬头向星星仰望；
玫瑰花把芬芳的童话
偷偷地在耳边谈讲。
跳过来暗地里倾听
是善良聪颖的羚羊；

在远的地方喧腾着

圣洁的河水的波浪。

我们要在那里躺下，

在那棕榈树的下边，

吸饮爱情和寂静，

沉入幸福的梦幻。

海因里希·海涅（Heinrich Heine，又译亨利希·海涅，1797—1856），德国著名诗人。

拜 伦

她走在美底光彩中

她走在美底光彩中，像夜晚

皎洁无云而且繁星满天

明与暗底最美妙的色泽

在她的仪容和秋波里呈现

仿佛是晨露映出的阳光

但比那光亮柔和而幽暗

增加或减少一分色泽

就会损害这难言的美

美波动在她乌黑的发辫上

或者散布淡淡的光辉

在那脸庞，恬静的思绪

指明它的来处纯洁而珍贵

啊，那额际，那鲜艳的面颊

如此温和、平静而又脉脉含情

那迷人的微笑、那明眸的顾盼

都在说明一个善良的生命

她的头脑安于世间的一切

她的心流溢着真纯的爱情！

乔治·戈登·拜伦（1788—1824），英国浪漫主义文学的杰出代表。